そっくり劇場の殺人

今井K

文芸社

目次

そっくり劇場の殺人

〈事件、そして登場人物〉

「では、事件の状況を詳しく説明してもらいましょうか」
沢木刑事は、一同を見回した。

東京・新宿の歌舞伎町の一角に、地味な複合ビルが立っている。その地下一階で、『そっくり劇場』という店が営業をしている。その名の通り、有名人のそっくり芸人たちがモノマネ・ショーを見せる劇場だ。

店長の渡辺倫世《ともよ》は今年五十八歳。彼女はこれまで舞台に立ったことは一度もなく、あくまで裏方の仕事を地道に続けてきたが、ある時、お笑いショーの演出を大成功させたのがきっかけで、次々に舞台の企画・演出の仕事が増えていき、徐々に頭角を現した。そして、ついにテレビの人気「お笑い番組」の制作を担当するまでに出世し、今や、この業界では、彼女の名前を知らぬ者はいないほどの大物プロデューサーにまでなったのだ。

その渡辺倫世の今度のプロジェクトが、「モノマネ」の分野だ。有名人のそっくり芸人ばかりが登場する専門の劇場を作り、彼女自身が店長として、全てのプロデュースをするのだ。そこで、彼女はまず、この劇場の専属の芸人を雇うべく、「モノマネ芸人」のオーディションを行った。すると、「我こそは、誰にも負けない有名人のそっくりさんだ！」と名乗る強者《つわもの》たちが、全国から六千人以上も応募してきた。しかし、店長・渡辺倫世の審査は厳しかった。彼女は、単に「似てる」というだけでは合格させない。顔も、声も、話し方も、身長も、体形も、そして空気感までも、何から何まで本物と見間違えるほど似ていなければ、採用しないと決めていた。そのため、合格したのはたった五人だけだった。彼らは、さすが狭き門を突破しただけあって、いずれも筋金《すじがね》入《い》りの「そっくりさん」だった。

こうして、昨年末にオープンした『そっくり劇場』は、芸人たちのレベルの高さもあって、開店早々から大評判となり、この業界の中では、売り上げもトップを独走していた。

今夜、その『そっくり劇場』で実に奇妙な事件が起きたのだ。

警察が通報を受けて、劇場にやって来た時、もう夜の十時を回っていた。今、地下一階の店内では、複数の警察官と指紋係などが犯行現場の状況を調べている。地下とは言っても、面積はかなり広く、舞台のほかに客席が一二〇席あり、奥には芸人たちの控室が五部屋もある。ただし、今日は休業日であり、店内に客はおらず、店長と芸人たちだけしかいない。

沢木刑事の「事件の状況を詳しく話してもらいましょうか」という問いに、真っ先に答えたのは、女店長の渡辺倫世である。

「この劇場は月曜日を除いて、毎日午後七時から十一時まで営業しております。ただし、毎月最終月曜日だけは、お客さんのいない店内で、店長の私と、ここの芸人さんたちで、夜九時から内輪だけのパーティーをするのが恒例となっていました。そして、今日がそのパーティーの日だったのです」

そこで一息ついた店長は、他の芸人たちを見回した。そして、話を続けた。

「私は店長なので、夕方からずっとここにいましたが、芸人さんたちが店にやって来たのは、パーティーが始まる夜の九時前後でした。まず、最初に店に現れたのは安田総理大臣、あっ、失礼、安田総理のそっくりさんで、芸人の香田順吉さんです。彼は本物の総理と同世代で、六十三歳の男性です。次にやって来たのが、アイドル歌手・アリスのそっくりさんで、内田葉子さんという芸人。彼女は本物と同じく、二十二歳。ただし、彼女はここのオーディションを受ける前までは、一度も芸能活動をしたことがなく、この『そっくり劇場』でデビューしたばかりの新人です。そして……」

「そして、次にやってきたのが僕ですね」

そう言って、割り込んできた男がいた。彼は野球のユニホームを着て、ヘルメットをかぶり、おまけにバットまで構えていた。そう、彼こそはプロ野球選手・ハチローのそっくりさんだ。もちろん、背番号も同じ。芸名は古川球児《きゅうじ》といって、本物と同世代の三十一歳。彼は刑事に向かって、「ねっ、僕、本物とそっくりでしょ」と言って、バットを振り始めた。

沢木刑事が、「殺人事件があったというのに、何をふざけているのだ！」と叱りつけようとすると、こんどは横から若い女の声がした。

「あたしが『そっくり劇場』にやって来た時、ハチローさんがバットで素振りをしていました。あたし、バットを振る時の『ビューンッ!!』という音を聞くと、体がしびれちゃうんです。あっ、申し遅れました。私は芸人の鳳《おおとり》マネ子です。もう、お分かりですね。あの往年の大女優・鳳真知子のそっくりさんです」

鳳真知子と言えば、若い頃は大スターとして一世を風靡《ふうび》したが、五十代になると、映画にはほとんど出演しなくなった。ところが、今ここにいる芸人・鳳マネ子は、その鳳真知子の若い頃にそっくりなのだ。顔だけでなく、声までも……。しかも、彼女が着ている、胸が大きく開いた赤いドレスは、大女優・鳳真知子が若い頃に映画に主演した時に着ていたものと全く同じデザインである。沢木刑事は、思わず彼女に見とれてしまった。

刑事の視線に気づいた芸人・鳳マネ子はクスッと笑い、こう言った。

「ねぇ、刑事さん。あたし、名女優・鳳真知子にそっくりでしょ。当然ですわ。だって、あたし、彼女の娘なんですもの」

なるほど、そういうことだったのか！　女性が娘を産み、その娘が年頃の女性に成長すると、母親の若い頃にそっくりになるというケースがある。場合によっては、顔だけでなく、声までも。この母子が良い例だ。モノマネ芸人を発掘する時、有名人の子供に注目するという手もあったのか……。沢木刑事は、モノマネ業界の裏の事情まで知ることとなった。彼が感心していると、店長・渡辺倫世が先を続けた。

「そして、最後に店にやって来たのが、芸人の真木刀さんで、この事件の被害者です。彼は時代劇スター・松平翔さんのそっくりさんとして有名です。真木さんは本物と同世代の四十八歳ですが、似てるのは顔や声だけでなく、身長も体形もそっくり。しかも、彼の『殺陣《たて》』の動きは、本物の松平さんと同じレベルに達しています。もし松平翔さんが映画の撮影中に急病で倒れても、この芸人さんが代役として出演すれば、映画は十分に成立します。それぐらい、彼のモノマネ芸は『本物』の域に達していたのです。本当に、惜しい人を亡くしました」

沢木刑事が『そっくり劇場』に駆け付けた時、舞台上で、時代劇の衣装を着て、カツラをかぶった男が胸から血を流して倒れていた。そして、被害者から少し離れた場所に血染めのナイフが落ちていた。男がナイフで自分の胸を刺したあと、そのナイフを自分で胸から引き抜き、それを離れた場所に投げ捨てたという自殺説は考えられない。なぜなら、傷口の心臓には、ナイフでかなり深くまで抉《えぐ》られていた痕跡があり、即死だったはずで、自分でナイフを引き抜くことは不可能だと思われたからだ。その結果、「殺人」と断定された。ちなみに、沢木刑事は時代劇のような犯行現場を見た時、「これは映画の撮影ではないか?」と錯覚したほどだ。自分が刑事になって以来、こんな変てこな殺人現場を見るのは初めてだったからだ。しかし、倒れている被害者の顔を見て、彼はさらにびっくりした。あの時代劇スター・松平翔とそっくりだったからだ。店長の誉め言葉は決して誇張ではなかったのだ。尚、被害者の死体は既に検視に回され、今はここにはない。

沢木刑事は、その時の様子を思い出しながら、店長に訊いてみた。

「松平翔さんのそっくりさんは、あの時代劇の衣装のままで、店にやって来たのですか?」

「まさか。彼は私服でここにやって来て、裏の控室で着物を着て、カツラをかぶりました。ちなみに、他の芸人さんたちも、普段この店でショーをしている時の衣装を着てパーティーを楽しむという趣向なのです。安田総理のそっくりさんも、政治家らしいスーツ姿。アイドル歌手・アリスのそっくりさんも、本物と同じ『ぶりっ子』の衣装。ハチローさんのユニホーム姿はご覧の通り。鳳マネ子さんの衣装も、かつて本物が映画で身に着けていた本物のドレスです」

それを聞いた沢木刑事は、とんでもないところに迷い込んでしまったと狼狽した。死体となって発見された時代劇スターも含め、ここの芸人たちの風貌があまりにも本物と酷似していたからだ。まさに、ここは『そっくり劇場』だ！　しかし、今はそんなことを考えている場合ではない。現実的な捜査をしなければ……。彼は厳しい顔に戻り、質問を続けた。

「現場にいた芸人さんたちの素性は分かりましたが、事件について詳しく話してもらいます。『そっくり劇場』は今日は休業日で、店内では内輪だけのパーティーが行われていたのですね。そして全員が店に集まったあと、どのような事が起きたのですか？」

女店長が答えた。

「先ほども申しましたように、このパーティーはいつも夜九時から二時間ぐらい続けるのです。客席は椅子が邪魔なので、舞台にテーブルや椅子を並べて、食べたり、飲んだり、歌ったりします。今晩も、そのようにして、皆で楽しんでいました。すると、夜十時ちょっと前ぐらいだったでしょうか。突然、店内が真っ暗になったのです。私は停電だと思いました。みんな慌てていたようで、『キャーッ!!』という女性の悲鳴も聞こえました。次に、暗闇の中で、人が『バタン!!』と倒れる音と、誰かが走る足音を聞いたような気がします。私はなんとか裏へ行き、ブレーカー設備のある場所に辿り着きました。そこのレバーを上げると、すぐに電気が点きました。そして、また皆のいる舞台に戻ると、芸人さんたちが蒼ざめた顔で下を見下ろしているではありませんか。私も彼らの視線の先を追うと、舞台の上に時代劇スター・松平翔さんのそっくり芸人が仰向けに倒れていたのです。彼は胸から血を流し、その少し離れた所に血染めのナイフが落ちていました。だから、私は慌てて、救急車と警察を呼んだのです。もちろん、警察の方々が来られるまで、現場の状況は一切動かしていません。『現場保存』が要求されることは、我々も知っていますから」

沢木刑事は、「それは助かりました」と言ったあと、事実確認をした。

「先ほどの皆さんの話を総合すると、今日のパーティーには、店長さんのあなたを含め、全部で六人いたことになります。そのうちの一人が死んだ。ということは、今この場には五人の人間がいなくてはならない。しかし、今ここには三人しかいませんね。つまり、事件後に二人の芸人さんが店から消えたということになります」

警察が通報を受けて、『そっくり劇場』にやって来た時、舞台も、客席も、トイレも、控室も、くまなく調べたが、店内にいたのは、店長が一人、芸人が二人、死体が一体しかなかった。つまり、事件後に店内に入って来た者は一人もなく、なおかつ、事件後に二人の芸人が店から外へ出たことになる。

沢木刑事は続けた。

「パーティーに参加していた人間の名前から、今この場にいる人間の名前を引くと、事件後に店外へ消えた芸人というのは、安田総理大臣のそっくりさんと、アイドル歌手・アリスのそっくりさんということになりますね。彼らは、黙って店から出て行ったのですか？」

渡辺店長は少し考えたあと、頷《うなず》いた。

「今から考えると、パーティーの間は、確かにあの二人の芸人はいました。そして、店内が停電になり、私が裏へ行ってブレーカーで電気を点け、また皆のいる舞台に戻って来た時には、既にその二人はいなかったと思います。しかし、私も他の芸人さんたちも、人が血を流して倒れている状況を見て仰天してしまったので、誰かが店から消えていることに全く気づかなかったのです。大分経ってから、安田総理とアリスが店内にいないことに気づきました」

他の芸人たちに訊いても、同じ答えだった。

沢木刑事は、事件関係者の名前を手帳に書き留めた。彼らは芸人であるため、中には芸名を名乗っている者もいる。殺人事件の捜査である以上、当然本名を確認する必要があるが、今はとりあえず、聞いた名前と年齢をそのままメモした。この場にいない二人の芸人についての情報も、店長から確認済みだ。

●渡辺倫世《ともよ》（58歳）……………『そっくり劇場』の店長

●香田順吉（63歳）……………安田総理大臣のそっくり芸人→事件後に逃走？

●古川球児《きゅうじ》（31歳）……プロ野球選手・ハチローのそっくり芸人
●鳳《おおとり》マネ子（25歳）……大女優・鳳真知子のそっくり芸人
●内田葉子（22歳）……アイドル歌手・アリスのそっくり芸人→事件後に逃走？
●真木《まき》刀《かたな》（48歳）……時代劇スター・松平翔のそっくり芸人→事件の被害者

いずれにしても、殺人事件が起きた直後に、何も告げずに店から逃げ出した二人の芸人が、どう考えても疑わしい。捜査の手順としては、まず消えた二人の芸人を捜すのが先決だった。

沢木刑事はとりあえず、この場にいるハチローと鳳マネ子という芸人の連絡先を訊いたあと、渡辺店長に確認した。

「店から逃げ出したという二人の芸人さんの連絡先は分かっているでしょうね」

「もちろんです。今、二人の住所と電話番号を書いて、お渡しします」

〈捜査、そして展開〉

沢木刑事は、まず安田総理大臣のそっくりさんだという、香田順吉という芸人の行方を追った。彼は台東区の「W※※荘」というアパートに住んでいることになっていたが、そこの住所に行っても、そんなアパートは存在せず、電話番号も現在使われていないものだと分かった。こうなると、いよいよ臭い。しかし、この芸人の人相は分かっている。安田総理大臣のそっくりさんだというから、話は早いではないか！『そっくり劇場』のある歌舞伎町一帯をくまなく洗い、「安田総理とそっくりな男を見なかったか?」と聞き込みをすれば、手掛かりは摑めるだろう。沢木刑事は、部下に聞き込みを命じたあと、こんどはアイドル歌手・アリスのそっくりさんだという内田葉子という芸人の行方を追った。幸い、彼女が店長に伝えた連絡先に偽りはなかった。彼女は池袋の某マンションの四階に住んでいることになっていたが、刑事がその住所に行くと、確かにそのマンションは存在しており、その四階の一室を訪ねると、表札には間違いなく『内田葉子』と書かれていた。そして刑事が呼び鈴を押すと、すぐに本人が出てきた。

沢木刑事は彼女を見て、また仰天した。この芸人もアイドル歌手・アリスにそっくりだったからだ。顔だけでなく、声も、体形も、本物と見分けがつかないほどである。『そっくり劇場』の所属芸人たちのレベルは半端じゃない！　しかし、今は感心している場合ではない。

沢木刑事は警察手帳を見せ、厳しい口調で訊いた。

「内田葉子さんですね？」

「はい、そうです。モノマネ芸人をしています。まだ新人ですが」

この女芸人は、「話し方」も本物のアリスとそっくりだ。彼女は警察から事情を訊かれている時まで、モノマネをしているのだ。沢木刑事は自分がからかわれているのだと思い、一瞬ムッとしたが、そのまま質問を続けた。

「今夜、新宿・歌舞伎町の『そっくり劇場』で行われていたパーティーに参加していましたね？」

「はい、参加していました」

「そこで、殺人事件があったのですが、そのことはご存じですか？」

「それは、ええと……知っています」

「事件後、二人の芸人さんが店からいなくなってしまったのですが、そのうちの一人があなたなのです。あなたは、なぜ何も告げずに店から逃げ出したのですか？」

「………」

内田葉子は黙って、俯《うつむ》いてしまった。

事件直後に犯行現場から逃げ出すという行為は、どう言い訳をしても、疑わしい。それに、彼女の曖昧な態度。

沢木刑事は厳しい顔になった。

「とりあえず、警察署のほうへ来ていただけますか」

彼は任意同行を求めた。すると、内田葉子は素直に従った。

警察の取調室で、芸人・内田葉子は、こう供述した。

「私が事件直後に『そっくり劇場』から逃げ出したのには、特別な理由があったからなのです。それを話せば、刑事さんにもきっと分かっていただけると思います」

そして彼女は次のことを語った。


今から十日ほど前。

夜の十一時過ぎ、『そっくり劇場』のショーを終えた芸人・内田葉子は控室で私服に着替えたあと、帰ろうとしていた。すると、時代劇スターのそっくり芸人・真木刀が彼女のもとへやって来て、こんなことを言ったのだ。

「ねぇ、内田さん、あの安田総理大臣のそっくりさんだという、香田順吉という芸人なんだけど、ちょっとおかしいと思わないか？」

「おかしいって、何が？」

「だってさ、あの男、本物とそっくりじゃないか」

「当たり前でしょ。ここは『そっくり劇場』なんだから。私も、あなたも、本物そっくりよ！」

彼女はそう言って、笑った。

しかし、時代劇スターは真顔だ。

「いや、僕が言っているのは、そういうことじゃないんだ。僕は時代劇の派手なメークで、本物に似せることができる。君も女性だから、化粧によって本物に見せられる。あの大女優・鳳真知子のそっくりさんは親子なんだから似ていて当然だ。プロ野球選手のハチロー君もヘルメットを目深《まぶか》にかぶれば、角度によっては本物に似てるが、ヘルメットを取れば、それほど似ていない。しかし、あの安田総理はどうだ？　顔だけでなく、声も、話し方も、微妙な癖も、身長も、体型も、歩き方も、雰囲気も、何から何まで本物と『そっくり』じゃないか！　こんなことってあるか？　彼はひょっとして……」

「ひょっとして？」

「本物じゃないかな」

「本物って？」

「だからさぁ、あの男はモノマネ芸人なんかじゃない。安田総理大臣本人だよ」

「えっ、まさか!!」

「いや、僕は間違いないと踏んでいる」

「あなた、頭がおかしいんじゃないの？　なんで、本物の総理大臣が歌舞伎町で『お笑いショー』なんかしなくちゃいけないのよ！」

「それは僕にも分からない。だけど、彼が本物であることは、十中八九間違いないと思う。今度、あの男のあとを尾行して確かめようと思ってるんだ。また何か新しい情報をつかんだら、君に知らせるよ」

そして、二人は別れた。


その三日後。

舞台の終演後、内田葉子の楽屋に、また時代劇スターがやって来た。彼はウキウキした顔で言ってきた。

「この前の話の続きなんだけど。昨日、ショーが終わって、安田総理のそっくり芸人・香田順吉が店から出ると、僕は彼のあとを尾行した。彼は二十分ほど歩いていたが、人通りが少なくなった道にさしかかると、通り沿いに黒いキャデラックが止まっているのが見えた。彼はその高級車の後部ドアから車内に入った。すると、すぐに車は発車した。運転手付きだぜ。いいかい？　モノマネ芸人ごときが、運転手付きの高級車で家に帰るなんておかしいと思わないか？　彼は台東区のアパートに住んでいるという話だったが、それは疑わしい」

「うーん……。確かに変ね」

「僕は、そのキャデラックまでは追わなかったが、車の行き先は見当がついている。その翌日、僕はこんどはカメラを持って、安田総理を尾行した。まず、総理が『そっくり劇場』から出て行く場面を撮影した。その後、彼が歌舞伎町を歩いて行くと、やはり黒いキャデラックで『お出迎え』があった。もう間違いない。彼はいつも、その車で帰っていたんだ。僕は総理が高級車に乗り込むところもカメラで撮影した。ほらっ、これがその写真だ」

時代劇スターは懐《ふところ》から写真を数枚出して、内田葉子に見せた。そこには、確かに安田総理大臣の人相をした男が『そっくり劇場』から出て行く場面と、その男が高級キャデラックに乗り込む場面が写っている。

内田葉子はそれを見ると、「本当だ……」とつぶやき、この奇想天外な話を、ようやく信じるようになった。

時代劇スターは得意満面な顔で言った。

「なっ、凄い話だろ？　僕はさらに探りを入れてみようと思う」


そして、その三日後。

もう時代劇スターと内田葉子の打ち合わせは恒例となった。

彼は、また新情報を持ってきた。

「二日前、ショーが終わったあと、僕は例によって、カメラ持参で総理先生を尾行した。ところが、彼はその日はいつもとは違う道へ進んだ。そこは歌舞伎町のラブホテル街だった。総理先生、何とそこで若い女と会い、そのまま二人でホテルに入ってしまった。もちろん僕は、その一部始終をカメラに収めた」

「それで、どうしたの？」

「決まってるだろ。その翌日、僕は総理先生に直接会ったんだ。そして、こう言って、鎌《かま》をかけてみた。『ねぇ、総理のそっくりさん、いや、安田総理大臣閣下。隠したってダメですよ。私にはちゃんと分かってるんだから。いくらモノマネ芸人のレベルが上がったからといって、こんなに本物そっくりの人間がいるわけがない。私は先日、総理がキャデラックに乗り込む場面を写真に撮りましたよ。あの高級車で台東区のアパートに帰ったとでも言うんですか？　そして昨日は若い女とホテルに入りましたね。そのシーンもカメラに収めました。でも、私はそんなことでは驚かない。政治家だって女遊びぐらいするでしょう。私が一番びっくりしたのは、なんで現職の総理大臣ともあろう方がモノマネ芸人のフリをして、歌舞伎町で〝お笑いショー〟なんかしていたのかってことですよ。でも、その理由までは訊きません。ただ、一つ言えることは、私には、総理が若い女とホテルに入って行く写真を、いつでも週刊誌に売ることができるということです。政治家にとって、女とのスキャンダルは致命的ですよ。さらに、総理が〝そっくり劇場〟でモノマネ・ショーをしていたことを、私がマスコミにバラしたら、どうなりますかね？　私を阻止したかったら、口止め料を払ってもらえませんかね』

そしたら総理先生、真っ蒼になり、顔から汗がにじみ出てきた。そして、何とこう言ったのさ。『分かった。その件については、明日の〝そっくり劇場〟のパーティーの時に詳しく話そう。金額面も含め』

どうだい？　これで決まりだ。彼こそは、一国の総理大臣だったんだ」

「あなた、お金をゆするなんて、そんなことやめなさいよ！　あたしも、安田総理が本物だったと知って、驚いちゃったけど。あたしたち芸人は、私生活を覗かれるのが一番嫌なことだってことは、あなたも分かっているでしょ。それは政治家だって、きっと同じよ。誰にでも、人に知られたくないプライバシーというのがあるのよ」

「いや、俺には金が必要なんだ。女との密会写真や、総理が『そっくり劇場』から出て行く写真を週刊誌に売ってもいいが、それだと雑誌社に儲けを持って行かれる。あくまで、総理の『秘密』を知っているのは俺だけだ、という強みを維持したい。そうすれば、総理から何度でも多額の金を巻きあげられる。一国の総理ともなれば、相当な資産を持っているはずだ」


芸人・内田葉子は、取調室で以上のような供述を話した。そして、さらにこう続けた。

「私は、何度も時代劇スターのそっくりさんに、お金をゆするなんてやめるようにと説得したのですが、彼は聞く耳を持ちません。で、安田総理と時代劇スターがその話の決着をつける日が、今日のパーティーの日でした。私は、何か嫌なことが起きそうな予感がしたので、一応ビデオカメラをバッグの中に入れて、『そっくり劇場』のパーティーに参加しました。

そして、パーティーが盛り上がっていた時、突然店内が停電になったのです。私は、『やはり、何かが起きた』と直感しました。暗闇の中で、私は慌ててバッグからビデオカメラを取り出し、店内を撮影したのです。ちなみに、それは暗闇でも鮮明な映像を撮影できる『暗視カメラ』なのです。そこに撮影された映像には、実に驚くべき真相が映っていました。これが、その映像を収めたディスクです」

そう言って、内田葉子はバッグから一枚のディスクを取り出して、刑事たちに見せた。

沢木刑事も他の警察官たちも、彼女の話を聞いている間、唖然としていた。誰も口を利けなかった。現職の総理大臣がモノマネ芸人として活動していた？　しかも、被害者の時代劇スターが、その安田総理をゆすっていた？　それが「証言」だけだったら、絶対に信じられない。しかし、この女芸人は真剣な表情だ。しかも、彼女は事件の真相が映っている証拠の映像ディスクを持っているという。沢木刑事はとりあえず、彼女が撮影した「映像」を見ることにした。

そして、取調室にあるテレビとプレーヤーを使って、ディスクを再生してみた。

映像が始まる……

まず『そっくり劇場』の店内が映し出された。停電になった直後に撮影を開始しているので、店内は暗い。しかし、内田葉子の言うように、暗闇でも映像が撮れる「暗視カメラ」であったため、人の動きや人相もはっきりと確認できる内容であった。

刑事たちは、じっと画面を見つめた。

時代劇の着物にカツラをかぶった男がヨロヨロと後ずさり、そのまま「バタン‼」と後ろに倒れた。すると、カメラが移動し、安田総理大臣の人相をした男が右手にナイフを持ち、立ちすくんでいる場面が映る。総理はすぐにナイフを投げ捨て、慌てて逃げ出した。彼のあとをカメラが追う。撮影者の内田葉子がビデオカメラを撮りながら、殺人犯を追っているのだ。映像には、安田総理が地下から階段を駆け上がる後ろ姿と、彼が一階に辿り着き、そのまま店の外へ出る様子が映っている。その後、総理は帽子をかぶり、サングラスをかけた。そして一気に走り出した。カメラも彼を追う。総理は何度も角を曲がり、逃げ続けたが、人通りのない道まで来ると、黒いキャデラックが止まっているのが見えた。総理はその車の後部ドアを開け、中に入る。すぐに車は発車した。運転手付きなのだ。時代劇スターが内田葉子に話した内容は本当だったのだ。しかし、カメラは総理を逃さない。撮影者・内田葉子もタクシーを止め、そこに乗り込み、黒いキャデラックを追った。その間も、カメラのレンズは一時も標的から外れない。タクシーの内部から撮影していたのだろう。タクシーのフロントガラスの前方に、黒いキャデラックの後ろ姿が見える。向こう側は、尾行されていることには気づいていないと見えて、それほどスピードを上げていない。そして三十分ほど尾行が続くと、前方の黒いキャデラックは永田町に入って行った。そして何と、そのまま首相官邸の門の中へ入って行くではないか！もちろん、タクシーは首相官邸などには入れない。それどころか、その付近に近づくことさえできない。なので、タクシーはかなり離れた場所に止まり、ビデオカメラは遠くからズーム撮影で、その一部始終をはっきりと撮影していた。やがて黒いキャデラックが首相官邸の正面玄関で止まり、車内から安田総理大臣が出てきた。彼は、もう帽子もサングラスもつけていない。彼は何食わぬ顔で官邸内に消えていった。

……そこで映像が終わっていた。

内田葉子は落ち着いた声で言い放った。

「いかがですか。この映像は犯罪の証拠になるでしょうか?」

沢木刑事も、他の警察官も、しばらく黙ってしまい、何も言えなかった。先ほどの内田葉子の供述も意外だったが、この映像を見て、それ以上の衝撃を受けたからだ。この映像には、編集したり、加工された様子はなかった。さらに、『そっくり劇場』の中にいた人物が、その店から外に出て、走って行く過程で、カメラは一度もその人物を見失っていない。撮影者がタクシーを呼び止め、その中に入る間も、カメラは巧妙に総理や黒いキャデラックを撮り続けていた。その結果、安田総理大臣の人相をした男が、『そっくり劇場』から『首相官邸』に移動した事実が確認できた。この事実は、次の二つの可能性を示している。まず一つ目は、安田総理とそっくりのモノマネ芸人が『そっくり劇場』を出発したあと、『首相官邸』を訪れた。二つ目は、本物の安田総理が『そっくり劇場』から『首相官邸』に帰った。まず、前者はあり得ない。なぜなら、首相官邸内では、本物の総理が今どこにいるかを完全に把握しているため、もう一人の総理が現れた時点で、それがニセモノだとすぐに判明するはずだからだ。そんな不審者がいきなり首相官邸に姿を見せれば、必ず捕まる。ということは、後者の可能性か？　しかし、本物の総理大臣が歌舞伎町の「お笑い劇場」でパーティーをしていたなんて、あり得るだろうか？　もし、それが本当なら、総理はそれ以前から、『そっくり劇場』でモノマネ芸人のフリをして、お笑いショーをしていたことになる。しかし、それを認めたとしても、もっと重大なことがある。あの映像を見ると、安田総理はナイフを握っていた。つまり、総理が時代劇スターを刺し殺した可能性があるのだ。一国の総理大臣が殺人を犯したなんて、前代未聞だ。しかし、今のビデオ映像は、安田総理が殺人犯であるという重要な証拠物件として扱わなければならない。それに、時代劇スターが安田総理をゆすっていたという内田葉子の証言からも、安田総理には「口封じ」のため、時代劇スターを殺す動機があるのだ。

警察は、この映像ディスクをしばらく預かることにした。普通の捜査だったら、『そっくり劇場』の犯行現場に落ちていた血染めのナイフについていた指紋と、逃げて行った男の指紋が一致するかを確かめればよいのだ。しかし、これは状況が違い過ぎる。一国の総理大臣からの指紋採取を命じるなんて、これまで日本の警察の歴史上、ただの一度も前例がない。まして、現職の総理を殺人容疑で逮捕するなど、想定すらしていない。しかし、今は江戸時代ではない。健全な近代民主主義の時代である。たとえ相手が総理大臣であろうと、警察は彼を逮捕する権限を持っている。いや、逮捕しなければならない。それが正義だ。

いずれにしても、この事件は新宿警察署だけで扱える問題ではなかったため、警視庁本部の上層部で「重大会議」が行われ、数日間の審議の末、ついに警視総監の判断により、安田総理大臣に対し、指紋採取を命じる令状が下りた。そして、予想通り、犯行現場に落ちていた血染めのナイフについていた指紋と、安田総理大臣の指紋が完全に一致した。その結果、ついに我が国の内閣総理大臣が殺人容疑で逮捕されたのだ。このニュースは日本中に一大センセーションを巻き起こした。さらに、世界中に、「日本の首相が殺人容疑で逮捕」という速報が広まった。

逮捕された安田総理は取り調べに対し、「黙秘」を続けていた。しかし、内田葉子が撮影したビデオ映像と、凶器についていた総理の指紋は決定的だし、犯行直後に殺人現場から逃げ出したという事実も印象が悪い。さらに被害者の時代劇スターの遺品から、安田総理が若い女とホテルに入って行く写真が数枚見つかり、それをネタに、総理はゆすられていた可能性がある。そのため、総理には時代劇スターを殺す動機があったと判断されたのだ。

しかし、一点だけ疑問が残る。安田総理がナイフを持参してパーティーに来たのなら、明らかに計画的な犯行だ。にもかかわらず、総理が自分の指紋のついたナイフを犯行現場に捨てたまま、逃げ去るだろうか？

これについて、沢木刑事はこう解釈した。

〈安田総理大臣はあくまでモノマネ芸人・香田順吉として活動し、パーティーにも参加していた。総理が本物だと知っているのは、時代劇スターだけだ。だから、その時代劇スターが死んでしまえば、総理が本物だと知る人物は誰もいない。したがって、仮に犯行現場に落ちていたナイフから総理の指紋が採取されても、「警察は（実際には存在しない）芸人・香田順吉の行方を永遠に追い続けるだろう。だから、総理本人が指紋採取を命じられることはない」と安田総理は安心していた。それに、血染めのナイフを持ったまま、店の外へ出たら、通行人たちに怪しまれる。だから、総理はナイフを犯行現場に捨てて、逃げたのだ。ちなみに、安田総理は自分の素性を知られたくないため、デタラメの住所と電話番号を『そっくり劇場』の店長に伝えていた。これに関しては、「後ろ暗い過去のある芸人・香田順吉が身元を隠すためにウソをついた」と判断されるだろう。第一、本物の総理大臣が歌舞伎町の「お笑い劇場」にいたなんて、誰一人として信じない。だから安田総理は、警察が自分の元に辿り着くはずがないと油断していた。〉

しかし、安田総理にとって、芸人・内田葉子の「ビデオ撮影」は想定外であった。いずれにしても、総理には時代劇スター・松平翔のそっくり芸人・真木刀を殺す動機があり、殺す機会もあり、凶器についた総理の指紋という物的証拠もあったため、彼の有罪は濃厚と思われた。

尚、警察は安田総理を殺人容疑で逮捕したのだが、総理大臣の名誉のため、総理がモノマネ芸人のフリをして「お笑いショー」をしていたことだけは、マスコミに伏せた。

この安田総理という人は、プロ野球の「始球式」では、かっこいいサウスポーのピッチャーで投げるなど、ファン・サービスの良い政治家として知られていた。さらに、その明るい人柄から、国民からも人気があった。しかし、総理が歌舞伎町で「モノマネ芸」をするなど、誰も予想できなかった事実だ。まして、自分自身のモノマネをするとは……。

では、なぜ一国の総理大臣ともあろう方が、このような酔狂な真似をしていたのか？　これには深い訳があった。

人間の中には「変身願望」というものに取り憑かれている人がいる。〈全く違う人間になりたい！〉ただ、ひたすらそう思う。これは、男が女装するのも、女が男装するのも含まれる。安田総理も、この「変身願望」に取り憑かれていたのだ。特に政治家という堅い仕事をしていると、ストレスが溜まり、時には思う存分ハメをはずしたいと願うのは当然なのだ。しかし、総理大臣の行動は常に衆目にさらされている。みっともないことは絶対にできない。かと言って、総理大臣の顔は日本中の人々が知っている。どこに行っても、本人だとバレる。どんなに変装しても、すぐにバレる。そんな時、安田総理は、『そっくり劇場』のオーディションの広告を見た。彼は「これだ!!」と思った。もし自分が安田総理そっくりのモノマネ芸人として舞台に立てば、どんなに本物に似ていても、絶対に本物だとは気づかれない。つまり、全く変装せずに、自分のありのままの顔をさらけ出しても、自分が本物の総理大臣だとはバレないのだ。こんな巧妙な方法があったなんて！

総理は心の中でこう思った。

〈私は安田総理大臣本人だ。私ほど本物に似てる人間はこの世にいない。私が『そっくり劇場』のオーディションを受ければ、絶対に合格する！〉

予想通り、安田総理は六千人以上の応募者の中から、たった五人の合格者の中に入った。審査員を務めた『そっくり劇場』の店長・渡辺倫世も、彼があまりにも本物の安田総理と似ていたので、目を疑ったほどだ。長年、多くの芸人を見てきたベテランの店長も、こんなに本物そっくりの芸人は見たことがなかったのだ。

こうして、安田総理は「安田総理のそっくりさん」として芸人活動を開始した。昼間は政治家、夜はモノマネ芸人という二重の生活が始まり、総理は思う存分ストレスを発散し、楽しい日々を送った。

しかし、彼があまりにも本物の安田総理大臣に似ていたので、時代劇スター・松平翔のそっくり芸人に感づかれてしまったのだ。そして、この時代劇スターは、総理が高級キャデラックで帰る場面や、若い女とホテルに入る場面を写真に撮り、総理を脅迫し、金をゆすった。そこで安田総理は、口封じのために時代劇スターを殺した。警察はこう結論づけたのだ。

しかし、その後も安田総理は「黙秘」を続けている。自分の恥ずかしいプライバシーを知られてしまったので、何も言う気になれないのか……。


数日後、沢木刑事は再び芸人・内田葉子のマンションを訪れた。事件解決に協力してくれたことに対し、感謝の言葉を伝えるためだ。

玄関のドアを開け、現れた内田葉子に向かって、沢木刑事は深々とお辞儀をした。

「このたびは、あなたのおかげで事件が解決しました。ありがとうございます。正直言って、総理大臣がモノマネ活動をしていたとか、お金をゆすられていたとか、殺人を犯したとかいう話は、『証言』だけでは到底信じられませんでした。しかし、あなたが撮影したビデオ映像という証拠物件により、総理の指紋が採取され、犯行が立証され、彼の逮捕に至ったのです。現職の総理大臣が殺人容疑で逮捕されるなんて前代未聞です。あなたの協力なしでは、この事件は絶対に解決しなかった。状況証拠から、我々警察は、実在しない安田総理のそっくり芸人・

香田順吉の行方を追うのが精一杯だったでしょう。そして、その芸人は永遠に捕まらなかった。いずれ、警察はあなたに『感謝状』を贈呈します」

「まぁ、光栄ですこと」

「ところで、これは事件とは関係ないことですが、私が初めてこのマンションを訪れ、あなたに質問した時も、その後、警察の取り調べ室で事情を訊いている時も、あなたはずっとアリスさんとそっくりな『話し方』をしていましたね。私は最初、あなたがモノマネをして、我々警察をからかっているのだと思っていましたよ」

「いや、それは違います。私がわざとアリスさんの『話し方』をしたのは、言わば、モノマネ芸人としてのプロ魂だったのです。舞台以外の場所でも、常に本人になりきらないと、本物の『芸』には達しないのです」

「なるほど、そういうものなんですか。実は私はアイドル歌手・アリスさんの大ファンなのです。だから、見方によっては、まるで私が本物のアリスさんと直接お話をしているような疑似体験ができたので、ずっと幸せな気分だったのですよ。アハハハ！　あっ、これは失礼、話が脱線しちゃいましたね。では、さようなら」

「さようなら、沢木さん」と、内田葉子はまたアリスとそっくりな「話し方」で別れを告げた。

芸人・内田葉子のマンションを辞した沢木刑事は、パトカーで警察署へ戻る途中、ずっとウキウキしていた。事件が解決したということもある。アイドル歌手とそっくりな女性と話せたということもある。しかし、一番大きいのは、一国の総理大臣が殺人罪で逮捕されるという歴史的な事件が起き、なおかつ、その事件を解決したのが自分だという満足感のためであった。

　彼は思った。

〈現職の総理大臣を逮捕した刑事なんて、日本で私だけだろう。私の名前は警察史に残る。そして、私の昇進は絶対に間違いない！〉

　運転しながら、沢木刑事は楽しそうに鼻歌を歌っていた。

　しかし、沢木刑事はある事実を知らなかった。それは、内田葉子が実はアリスのそっくり芸人などではなく、何とアイドル歌手・アリス本人だったということを！

　彼女も安田総理と同じく、「変身願望」に取り憑かれていた。全く違う人間になりたい！　彼女はいつもそう願っていた。しかし、アリスはあまりにも有名なアイドル歌手である。どんなに変装しても、すぐに本人だとバレる。そんな時、彼女は『そっくり劇場』のオーディション広告を見た。彼女は「これだ!!」と思った。アリスそっくりのモノマネ芸人として舞台に立てば、自分がどんなに本物とそっくりでも、本物だとはバレない。つまり、全く変装せずに、自分のありのままの顔をさらけ出しても、別人になることができるのだ！　こんな素晴らしいアイデアがあったのか！

　アリスは心の中でこう思った。

〈私はアリス本人だ。私ほど本物に似てる人間はこの世にいない。私が『そっくり劇場』のオーディションを受ければ、絶対に合格する！〉

　案の定、アリスは六千人以上の応募者の中から、たった五人の合格者の中に入った。審査員の店長・渡辺倫世は、彼女があまりにも本物のアリスと似ていたので、双子ではないかと疑ったほどだ。長年、多くの芸人を見てきたベテランの店長も、こんなに本物そっくりの芸人は見たことがなかったのだ。

　こうして、アリスは「アリスのそっくりさん」として活動を開始した。以来、彼女は「アイドル歌手」と「モノマネ芸人」という二刀流の芸人となったのだ。

　特に『そっくり劇場』の舞台で、モノマネ芸人・内田葉子としてショーをしている時、彼女はこう思った。

〈ここにいる観客たちは、目の前に本物のトップ・アイドルが立っているのに、誰一人そのことに気づいていない。みんな、私のことをモノマネ芸人だと思っている。あぁ、何ておかしい！人をダマすのって、こんなに楽しかったのか!!〉

　彼女は「偽物が本物のフリをする」のではなく、「本物が偽物のフリをする」という逆転のトリックを使い、多くの観客を欺《あざむ》くことに大成功した。彼女はアイドル歌手・アリスとして活動している時よりも、モノマネ芸人・内田葉子として活動している時のほうが、はるかに幸せだった。確かに、トップ・アイドルとして貰《もら》う高いギャラに比べれば、モノマネ芸人として貰うギャラはずっと安い。しかし彼女は、お金には代えられない無上の喜びを知ってしまったのだ。そう、全く違う人間に変身するという快感を‼　そして、人を欺くという、得体の知れない享楽に狂ってしまった彼女は、その世界から逃れられなくなってしまった。

〈あぁ、この喜び！　この陶酔感‼〉

今、アイドル歌手の目が不気味に輝いている。

新宿・歌舞伎町の『そっくり劇場』では、殺人事件という悲劇が起き、警察の捜査もあったということで、数日間は休業していた。

しかし、犯人も捕まり、事件が一段落したので、また店は再開され、残った芸人たちでモノマネ・ショーが続けられた。プロ野球選手・ハチローや大女優・鳳マネ子も好評だが、何と言っても一番人気はアイドル歌手・アリスのそっくり芸人＝内田葉子であった。今夜も彼女のショーは大盛況だ。観客たちは舞台で演じている若き女芸人の「そっくりさ」に驚嘆し、彼女に熱い歓声と拍手を送った。誰一人、彼女が本物のトップ・アイドルだとは知らずに……。

〈再考、そして解決〉

数日後。

アリスは自宅マンションでくつろいでいた。もう夜の九時を回っている。今日は仕事がオフの日だったのだ。

彼女はベッドに横たわり、今まで起きた出来事を回想していた。すると、玄関の呼び鈴が鳴った。

〈こんな時間に誰だろう？〉

彼女は起き上がり、玄関へ向かった。ドアの覗き穴から外を覗くと、あの沢木刑事であった。

〈また彼か。今度は何の用だろう？〉

彼女はドアを開け、笑顔で迎えた。

「刑事さん、こんばんは。今日は何の御用でしょうか？」

しかし、沢木刑事は前回とはまるで違い、厳しい表情をして言った。

「今日は、内田さんに大事なお話をしなければなりません。中へお邪魔してもよろしいでしょうか？」

内田葉子、いや、アリスはきょとんとした顔をした。

〈今さら何の話があるのだろう？　しかも、自宅内でする話って？〉

彼女は少しためらった。しかし、この人は間違いなく本物の警察官だ。一人暮らしの女の部屋に入れても、危険はないだろう。

とりあえず彼女は、沢木刑事をドアから中に招き入れた。そして彼を奥の広間へ案内すると、「どうぞ」と言って、彼をソファへ座らせた。

「今、お茶をお持ちしますね」

「いえ、お茶は結構です。早速、本題に入りたいのです」

彼女はまだ半信半疑だったが、沢木刑事と向かい合う形で椅子に座った。

「で、お話というのは何ですの、刑事さん」

「まず、あなたにご報告することがあります。つい先ほど、安田総理大臣が証拠不十分により、釈放されました」

「えっ、何ですって！　あの事件の犯人は安田総理じゃなかったんですか？」

「いやね、私はあのあと、あなたが貸してくださったビデオ映像をじっくり確認したのですが、あの総理を犯人とするには、どうしても無理があるんですよ」

「じゃあ、なぜ彼は事件直後に『そっくり劇場』から逃げ出したんですか？」

「あぁ、それについて総理は、『店内が急に停電になり、人が倒れる音がしたので、何か傷害事件でも起きたと思いました。もし警察が来たら、自分も事情聴取を受ける。そしたら、現職の政治家が歌舞伎町でモノマネ芸人をしていることがバレてしまう。そんなことが知れたら、小っ恥ずかしいので、慌てて逃げ出してしまった』と言っていましたよ。アハハハ！」

「でも、犯行現場に落ちていた血染めのナイフには安田総理の指紋がついていたんですよね」

「確かについていました。しかし、それについても総理は『暗闇の中で、誰かが私の手に何かを無理やり握らせた』と弁明しています。その場が真っ暗だったので、最初はそれがナイフであることすら分からなかったそうです。とにかく、気味が悪いので、総理はすぐにソレを投げ捨てた、と言っているのです」

「そんな言い逃れを信じるんですか？」

「ええ、信じますよ。信じるに値するだけの根拠があったもんでね」

沢木刑事はそこで一息つき、目の前にいる内田葉子の顔をじっと見つめた。そして落ち着いた声で、続けた。

「もう一度、あの事件を最初から検証してみましょう。最初、我々警察は犯行現場に落ちていた凶器のナイフに安田総理の指紋がついていたことから、彼を殺人容疑で逮捕しました。しかしね、内田さん、ナイフについていたのは、安田総理の右手の指紋だったのですよ。あなたが撮影したビデオ映像にも、総理が右手でナイフを握っている映像がはっきりと映っていました」

「それがどうかしましたか？」

「ええ。これは極めて不自然です。なぜなら、安田総理は『左利き』だったからです。この事実は、総理がプロ野球の『始球式』ではサウスポーで投げていたことからも明らかですし、国家間の条約に署名する際、総理が左手にペンを持ち、サインしているのを私は見たことがあります。さらに総理の親族や多くの仕事仲間の証言からも、この事実は間違いありません」

「………」

「ナイフで人を刺し殺す場合、かなり強い力を要します。したがって、必ず自分の利き手で刺すのです。安田総理が利き手でない右手にナイフを持ち、相手を刺し殺したとは考えられません。もちろん、一度左手にナイフを持ち、刺し殺したあと、そのナイフをまた右手に持ち替えたという苦し紛れの解釈もできますが、その可能性もすぐに消えました。なぜなら、ナイフについていたのはたった一組の指紋、すなわち安田総理の『右手の指紋』だけだったからです。しかし、それ以上に、あの状況では根本的な問題がおかしいんです」

「根本的な問題というと？」

「いいですか。凶器のナイフには安田総理の指紋がついていたんですよ。ということは、総理は手袋もはめずに、素手でナイフを摑んだことになります。あなたが撮影したビデオ映像にも、総理が素手でナイフを摑んでいる映像がはっきり映っています。つまり、その時点で、総理はナイフに自分の指紋がついていることをはっきりと認識していたはずです。もし彼が犯人なら、自分の指紋がついたナイフを犯行現場に捨てて、逃げて行くでしょうか？　それに、総理がナイフを持参してパーティーに行ったことから、この殺人は突発的なものではなく、明らかに計画的な犯行です。だとすれば、証拠のナイフを犯行現場に捨てて逃げるという愚行が、どうしても理解できません。これについて、私は最初、こう考えました。『安田総理はあくまでモノマネ芸人・香田順吉として活動しているので、仮に犯行現場で自分の指紋のついたナイフが見つかっても、警察はその芸人の行方を追うはずで、総理自身が疑われることはないと油断していたのだ』と。しかし、よく考えてみると、安田総理は時代劇スターから、自分が『本物の総理大臣』だということを悟られてしまったということを認識していました。ということは、時代劇スターがその事実を誰か他人にバラしているかも知れない。まして殺人事件が起きたとなれば、『パーティーにいたのが、実は本物の安田総理である』と誰かが警察に通報する可能性もある。そこから、警察が安田総理本人の元に来ることは十分予測できたはず。それにもかかわらず、総理が自分の指紋のついたナイフを犯行現場に捨てたまま、逃げ去るとは考えられません」

内田葉子（アリス）は頷《うなず》いた。

「確かに……」

「それに、あなたのビデオ映像では、確かに、ナイフで刺された時代劇スターがヨロヨロと後ずさりして、倒れる場面が映っています。しかし、彼がナイフで刺される瞬間が映っていない。あの映像だけでは、安田総理を有罪にすることはできません。やはり総理自身が証言したように、『暗闇の中で、安田総理は何者かにナイフを握らされた』と考えるのが自然です。そのため、我々はもう一度あの事件を捜査し直すことにしたのです」

アリスは無表情のままだった。

沢木刑事は厳しい表情になって、言い放った。

「私が真っ先に疑ったのは、あなたです。あなたは警察の取調室で、『時代劇スターが安田総理をゆすっていた』と供述しました。恐らく、それは本当でしょう。実際、殺された時代劇スターの遺品の中から、安田総理が若い女とホテルに入って行く場面が映っている写真が数枚見つかっています。彼はそれをネタに総理をゆすっていたと思われます。だから、『パーティーで、何か嫌なことが起きそうな予感がした』というあなたの話も実に自然です。しかし、だからといって、わざわざビデオカメラを持ってパーティーに行くという話には、少し無理がある。その時は気づきませんでしたが、あとになって冷静に考えると、そこに『作為』を感じました」

アイドル歌手は反論した。

「私は、もしパーティーで何か事件が起きた場合は、犯行現場の様子を映像で撮影すれば、それが警察への協力になると思ったので、ビデオカメラを持って行ったんですよ」

「そこまで入念に準備したにもかかわらず、被害者が殺される瞬間という一番大事な場面が映っていないのはおかしい。この事実は次の可能性を示します。あのビデオの撮影者は、犯人が時代劇スターを刺し殺す瞬間を撮ることができなかった。なぜなら撮影者は、被害者が殺される瞬間、その被害者を刺し殺していたからだ。もし犯人以外の人物が現場を撮影していたのなら、犯人が被害者を刺し殺す瞬間を撮ることができたはずです。そもそも、あなたは暗闇でも撮影できる『暗視カメラ』を持参してパーティーへ行った。つまり、あなたは最初から店内が停電で真っ暗になることを知っていたのです。その点を、もっと早く疑うべきでした。あの映像は警察に協力するためというより、警察を欺くために撮られたものだったんですね。したがって、あのビデオの『撮影者』が一番怪しいということになります。だから、私はあなたに目をつけたのです」

アリスは真っ蒼になり、顔から汗がにじみ出た。それでも彼女は自分に言い聞かせた。

〈大丈夫だ！　証拠は何一つないのだ！〉

しかし、沢木刑事は一切かまわず、話をどんどん進める。

「あの映像は、安田総理に罪を着せるために撮られた。そんな事を考えるのは誰か？　それは、時代劇スターが安田総理をゆすっており、安田総理には時代劇スターを殺す動機があることを知っていた人物です。それは、あなたです。なぜなら、あなたは警察の取調室で、その事実をはっきりと語っていたからです。その後、私はあなたには内緒で、あの『そっくり劇場』の店長や他の芸人さんたちに聞き込みをしました。すると、いろいろなことが分かりましたよ。まず、パーティーで起きた例の停電騒ぎですがね。野球選手・ハチローさんの証言によると、あなたが『トイレに行く』と言って、席を外している間に停電になったそうです。そして、廊下のトイレの奥に『電気ブレーカー』があることを私は確認しました。店内を意図的に停電にしたのは、あなたですね」

「………」

「そして、皆のいる場所に戻って来たあなたは、手袋をはめた手でナイフを取り出し、まず時代劇スターを刺し殺し、次にそのナイフを安田総理の手に握らせた」

「ちょっと待ってください。その時、店内は停電で真っ暗だったんですよ。どうして私に二人の立っている位置が分かるのですか？」

「そこなんですよ。私はその点に、もっと早く目をつけるべきでした。話は前に戻りますが、もし安田総理が犯人なら、どうして彼は暗闇の中で、殺す標的の時代劇スターのいる位置が分かったのか？　しかし、それは程なくして解決しました。逮捕された安田総理が取り調べの際、ちょっと妙なことを言ったんですよ。事件の夜、『そっくり劇場』から逃げ出し、首相官邸に戻った総理は、自分のスーツの袖《そで》がやけにベトベトしていることに気づいたそうです。いくら拭いても落ちない。いやぁー、そのスーツをクリーニングに出す前でよかった。私はそのスーツを見せてもらいました。そしたら、袖の部分に蛍光塗料がべっとりと塗られていたのです。それは偶然ついたものではなく、意図的につけられたものであることは間違いありません。私は念のため、被害者の時代劇スターが着ていた衣装も調べるべきだと思いました。その衣装は、まだ証拠品として警察署に保管されていたのです。それを見ると、やはり着物の袖部分に蛍光塗料がたっぷり塗られていました。二人の人物の服に蛍光塗料が塗られた理由は明らかです。真っ暗な店内でも、安田総理と時代劇スターの位置を確認できるようにするためです。もし安田総理が犯人なら、殺す標的である時代劇スターの着物にだけ蛍光塗料を塗れば良かった。自分のスーツに蛍光塗料など塗る必要はなかったのです。その点から考えても、安田総理はさらに容疑から外れます。二人の人物の服に蛍光塗料を塗り、暗闇で二人の位置を確認しなければならなかった理由はたった一つ。まず、一人をナイフで刺し殺し、そのナイフをもう一人の手に握らせるためです」

「それをやったのが私だというんですか？」

「これは芸人の鳳マネ子さんの証言ですが、パーティーの間、あなたは安田総理と時代劇スターの腕に寄り添い、まるで恋人のように甘えるような仕草をしていたそうですね。マネ子さんは、『今まで内田葉子さんが、男性にあんなに馴れ馴れしい態度をとったところを一度も見たことがなかったので、違和感を覚えました。だから、強く印象に残っています』と証言しました」

「そんな！　腕に寄り添ったぐらいで……。パーティーの時、二人の服に蛍光塗料を塗ることができたのは、私だけではないはずです。鳳マネ子さんが私に罪を着せるために、ウソをついた可能性もありますよ。そのマネ子さん自身が蛍光塗料を塗ったかも知れないじゃないですか！」

「確かに、その可能性もあります。しかしね、私はそれ以上の決定的な物的証拠があると睨んでいます。今日はそれを見つけるために、あなたのマンションを訪れたのですよ」

「決定的な物的証拠？」

「そうです。先ほども言ったように、犯人が時代劇スターをナイフで刺し殺し、そのナイフを安田総理の手に握らせたことは間違いありません。しかし、凶器のナイフには安田総理の指紋しかついていませんでした。ということは、犯人は手袋をはめてナイフを握ったことになります。ところで、犯行現場に落ちていたナイフには血がべっとりと付着していたことはご記憶ですね。それは、時代劇スターを刺し殺した時に、被害者の返り血がまともにナイフについたためでしょう。ナイフにあれだけ多くの血がついたということは、当然そのナイフを握っていた犯人の手袋にも多くの血がついたはずです。もし、あなたの部屋のどこかから、血染めの手袋が見つかったら……」

アリスはそれを聞いて安心した。そんな血染めの手袋は、とっくに処分してある。彼女は余裕をもって答えた。

「そんな手袋はどこにもありませんよ。何でしたら、部屋中をくまなく探してもらっても構いませんよ」

「それは当然でしょう。そんな危険な証拠品はとっくに処分しているでしょうから。しかし、あなたは絶対に致命的なミスを犯していると、私は確信しています。先ほどから何度も言っているように、あなたは手袋をしたまま、ナイフで時代劇スターを刺し殺し、そのナイフを安田総理の手に握らせた。その後、あなたは一刻も早くビデオ撮影を開始しなければならなかった。なぜなら、その前に安田総理がナイフを投げ捨てたり、その場からいなくなってしまったら困るからです。あなたは、どうしても安田総理がナイフを握っている映像を撮りたかったのです。だから、総理の手にナイフを握らせたあなたは、いちいち手袋を外す時間がなかった。つまり、あなたは血染めの手袋をしたまま、ビデオカメラを取り出し、撮影を開始したはずです。もうお分かりですね。もし、そういう状況なら、あなたが撮影したビデオカメラには、まだ血が付着している可能性があるのですよ。もし、犯人以外の人物が映像を撮影をしたのなら、ビデオカメラに血が付着するはずがありません」

「………」

「血というのは、いくら拭きとっても、なかなか落ちない。そんな経験をした人は多いはずです。過去にも、犯人が証拠品についた血を完全に拭き取ったつもりでも、（専門用語は避けますが）厳密な化学検査をした結果、人間の目では確認できないほどの微量の血痕が検出された例は多い。もちろん、あなたにはビデオカメラ自体を処分するという手もありますが、あれは確か、暗闇でも撮影できる高性能カメラでしたよね。値段も相当高かったはずです。そんな高価なものを、あなたは捨てられなかったのではありませんか？　もし、このマンションの部屋のどこかから、そのビデオカメラが見つかり、そこに血痕が付着していたら。そして、その血痕が殺された時代劇スターのＤＮＡと一致したら………」

アリスは目の前が真っ暗になった。

彼女はこれまで、沢木刑事に事実を話してきた。そこに偽りはなかった。彼女が警察に見せたビデオ映像も本物だ（機械はウソをつかない）。しかし、彼女には、話していない事実もあった。すなわち、「真実」を刑事に話していなかったのだ。

その真実とは、こうだ。

アイドル歌手・アリスは『そっくり劇場』のオーディションに合格し、モノマネ芸人（本当は本物）として活動を開始した。特に彼女のショーは大好評で、観客は満員となり、彼女は毎日が楽しくて仕方なかった。しかし、たった一つだけ悩みがあった。それは時代劇スター・松平翔のそっくり芸人・真木刀が彼女を口説いてきたことだ。彼女はこの男は虫が好かなかった。生理的に受け付けない、というやつだ。しかし、断っても、断っても、彼はついて来る。しつこい男は嫌だ！　彼女は店を辞めようかと思ったが、先ほど書いたように、彼女は「本物が偽物のフリをする」という無上の快感に取り憑かれ、絶対に『そっくり劇場』を辞められなかった。どうしよう？　そんな時、彼女は偶然、その時代劇スターが安田総理大臣が本物ではないかと疑っていること、そして彼が総理をゆすっている事実を知った。これを利用して、時代劇スターを殺せばいい!!　アイドル歌手の決断は早かった。安田総理は時代劇スターにゆすられている。ならば、この総理には時代劇スターを殺す動機があるのだ。もし時代劇スターが殺されれば、安田総理に疑いがかかるだろう。しかし、時代劇スターが殺されたあと、アリスが警察に「安田総理大臣が時代劇スターにゆすられていた。総理には、この芸人を殺す動機がある」と証言しても、総理大臣とモノマネ芸人の接点が全くないため、警察は彼女の話を絶対に信じない。だいたい、「現職の総理が、実は『そっくり劇場』でモノマネ芸人をしていた」などという突拍子もない話は一笑に付される。だから、どうしても安田総理が『そっくり劇場』にいたことを立証しなければならない。そこで彼女は、ビデオ撮影を思いついたのだ。

アリスは『そっくり劇場』のパーティーに行く際、ナイフを服に忍ばせ、バッグにビデオカメラを入れた。パーティーが盛り上がった頃、彼女は店内を停電にすると、手袋をはめ、ナイフで時代劇スターを刺し、そのナイフを安田総理の手に握らせた。そして、ビデオカメラを取り出し、撮影を開始した。暗闇でも撮影できる「暗視カメラ」を持参したのも計算ずくだ。安田総理がその場からすぐに逃げ出すことも確信していた。暗闇で人が倒れる音がすれば、傷害事件が起きたと思うはず。もし警察が捜査に来れば、当然、全員が事情聴取を受ける。もちろん、総理自身も供述をする際、「自分はモノマネ芸人ではなく、実は本物の安田総理大臣だ」と証言しなければならない。そんなことを知られたら、とんだ赤っ恥だ。だから、総理は絶対にその場から逃げるはず。アリスは、そう予測した。だから、総理が『そっくり劇場』から逃げて行く場面を撮影するために、ビデオカメラを用意したのだ。彼女は、安田総理がいつも黒いキャデラックで帰るという話を時代劇スターから聞いていたので、その一部始終を撮影することも計画に入れていた（この映像がなければ、彼が本物の安田総理だと証明できない）。タクシーは首相官邸の敷地内には入れないので、かなり遠くから撮影することを想定し、高倍率のズーム機能を搭載したビデオカメラを使ったのは言うまでもない。

しかし『そっくり劇場』で、アリスがナイフで時代劇スターを刺し、そのナイフを安田総理の手に握らせたあと、血染めの手袋をはめたまま、ビデオカメラを取り出したのは、沢木刑事が推理したように、手袋を外す時間がなかったからではない。店内が真っ暗だったので、アリスは自分の手袋が血に染まっていることに全く気づかなかったからなのだ。そして、彼女は血染めの手袋をしたままビデオカメラを取り出したため、そのカメラにも血が多くついてしまったのだ。彼女はその後、安田総理が『そっくり劇場』から逃げ出し、『首相官邸』の中に入って行くまでの一部始終のシーンを撮り終えると、帰る途中で自分の手袋が血染めになっていることに、ようやく気づいた。そこで、彼女はその手袋を川に捨て、自宅マンションに戻った。その時に初めて、ビデオカメラ本体にも血がべっとりついていることに気づいた。彼女は慌てて、血を拭き取ろうとした。しかし、いくら拭いても、なかなか血は消えない。幸い、警察に見せるディスクのほうは、ビデオカメラ本体の内部に入っていたので、血はついていなかった。よかった！　その後、彼女は警察に行き、自分が撮影したディスクの映像を警察官に見せ、自分への容疑が晴れると、また自宅マンションに戻った。こんどこそ、彼女はビデオカメラについていた血を入念に拭き取り、とりあえず見た目は綺麗になった。しかし、一見綺麗に見えても、厳密な化学検査をすれば、「ナントカ反応」というのが出て、肉眼では確認できないほどの微量の血痕が付着していることが立証されてしまうと、彼女もちゃんと知っていた。だから、ビデオカメラ自体を処分することも考えたが、あれは高い金を払って買った高性能カメラだ。捨てるのはもったいない。彼女はそう思った。それに警察が注目しているのは、ディスクに収録されている映像の「内容」である。カメラ本体などいちいち調べないだろうと、たかをくっていたのだ。今も、そのビデオカメラは隣の部屋の机の上に無造作に置かれている。このままでは、すぐに見つかってしまう。もう駄目だ。アリスはついに観念した。

「分かりました。警察へ行きます。あぁ、映像を利用したトリックだったのに、それを撮影したビデオカメラに足をすくわれるとはね。私、母から『高価な品物は大切に保管しなさい。捨てたりしたら、バチが当たりますよ』と教わったんです」

そう言って、彼女は笑った。

それを聞いた沢木刑事は天井を仰ぎ、大きく深呼吸をした。そして、目を閉じた。しばらくして目を開けた彼は、最後にこう付け加えた。

「これは事件とは直接関係のないことですが、あなたはモノマネ芸人の内田葉子さんではない。本物のアリスさんだ。えっ、なぜそれが分かったか知りたいですか？　答えは簡単ですよ。あの『そっくり劇場』の店長の渡辺倫世さんですがね。彼女は業界でも有名なプロデューサーです。当然、芸能界でも人脈が広い。彼女は、アリスさんの所属事務所の副社長さんとも親交があったのですよ。ある時、店長さんは、あなたがあまりにも本物のアリスさんと似ており、歌唱力もプロ並みだったので、『もしや』と思って、そのアリスさんの所属事務所の副社長に、アリスさんの本名を訊いてみたそうです。すると、何と『内田葉子』でした。さらに、アリスさんの現住所と内田葉子さんの現住所も全く同じでした。このマンションの表札にも『内田葉子』とはっきり書かれています。つまり、ここは疑いもなく、アリスさんの住居なのです。モノマネ活動をする時に、本名を使ったのはまずかったですね。そこで店長さんは、あなたに騙《だま》されていたことに気づいたのですが、それでもあなたをクビにはしませんでした。なぜなら、あなたが『変身願望』というものに取り憑かれ、全く違う人間に変わることに無上の喜びを感じるという性癖があることを、ちゃんと知っていたからです。芸能人には、そういう方が多いそうです。あなたから、その喜びを奪ってしまうのはかわいそうだと思った店長さんは、その後もずっと気づかぬフリをしていたのです。それに本物そっくりの芸人さんがいたほうが、店も繁盛しますしね。ただし、この秘密は他の芸人さんたちには言っていないそうです」

「そう……。店長さんにはバレていたのね」

「今から考えると、あなたが本物のアリスさんだというヒントは、最初から私の目の前にちゃんとあったのです。事件直後に私がこのマンションを訪れ、あなたに質問した時も、その後に警察署で事情を訊いている時も、二度目にこのマンションを訪れた時も、そして今夜も、あなたはずっとアリスさんとそっくりな話し方をしていました。顔や声が本物とそっくりでも、『話し方』まで似てるはずがない。ということは、あなたが意図的にモノマネをしたのだと思いました。つまり、あなたが私をからかっているのだと思ったのです。これについて、あなたは、

『モノマネ芸人としてのプロ魂』と言って胡麻化《ごまか》していましたが、よく考えてみると、変です。いくら芸人でも、警察から事情を訊かれている時に、モノマネをするなんて非常識だ。舞台のショーじゃあるまいし。要するに、あなたは警察官を目の前にして緊張してしまい、思わず、自分自身の『話し方』で答えてしまったのです。他人になりすます余裕がなかったのですね。その点に、もっと早く気づくべきでした」

「自分の話し方や癖って、無意識のうちに出てしまうんですね」

「まだ、あります。事件の夜、私がここで、あなたに警察手帳を見せ、『内田葉子さんですね』と質問すると、あなたは『はい、そうです。モノマネ芸人をしています。まだ新人ですが』と答えています。これにも違和感がある。普通、民間人は刑事に警察手帳を見せられ、『〜さんですね』と訊かれたら、うろたえてしまい、ただ『はい』と答えるだけです。しかし、あなたは『モノマネ芸人』で、なおかつ『新人』という情報まで伝えている。このように答えるのは、『職業は?』と訊かれたあとです。つまり、あなたは自分が本物のアリスではなく、あくまで別人がモノマネをしてるだけだ、という印象を与えたかったので、思わず、フライングしてしまった」

「私の潜在意識の中に、『そう思わせたい』という気持ちがあったんでしょうね」

刑事は少し考えたあと、続けた。

「これは実に不思議な事件でしたが、犯人も不思議な人でした。当初、我々は『アイドル歌手』と『モノマネ芸人』の二人の人物を知っていました。しかし、最初から『一人』しかいなかったんですね」

「自分自身のモノマネをした芸人なんて私だけかと思っていましたが、あの安田総理まで本物だと知った時には本当にびっくりしました。私と同じ発想をした人が、すぐそばにいたなんて。あの『そっくり劇場』というのは、世にも奇妙な劇場でしたね。へぇ、あの総理は『左利き』だったの……」

「どんな犯罪者でも、自分では気づかぬうちに、必ずミスを犯します。そして犯人の偽装は必ずバレます。それは殺人事件の偽装であっても、あなたがショーで演じた『本物が偽物のフリをする』という遊びの偽装であっても……」

そして沢木刑事はアリスの顔をしっかり見つめて、最後にこう言った。

「思えば、私があなたを初めて見た時、『そっくり芸人』とはいえ、アリスさんの風貌をした女性と対面できたこと、そして、お話ができたことに喜びを感じました。その後、実は本物のアリスさんと直接会っていたのだと分かり、私はさらに喜びが増しました。しかし、その喜びに浸る前に、あなたがこの事件の犯人であることが濃厚になり、私は一気に悲しみに暮れました。今、あなたを逮捕するのは心苦しい。できれば、あなたが残した犯罪の『証拠』をもみ消したいぐらいです。しかし、それは絶対にできない。私は警察官なのだから。そのあたりは、是非ご理解ください」

その時、沢木刑事の目から涙がこぼれていた。

Strange Theater

サーカス

今、白鳥瑤子の目が崇高に輝いた。

彼女は大きく深呼吸をすると、両手で空中ブランコの棒をしっかり摑んだ。そして、意を決して、足を蹴り、前方に飛んだ。

向こう側にいる男性団員は自分の両足を空中ブランコの棒に引っ掛け、飛んで来た瑤子の両手を、自分の両手で受け止める段取りだった。彼らはこれまで、この演技を失敗したことは一度もない。

しかし、白鳥瑤子は空中ブランコの棒に、いつもとは違う感触を持った。そして、空中ブランコにぶらさがった彼女は、振り子のように前方に向かうが、向こう側にいる男性団員に辿り着く前に、急降下した。そう、空中ブランコの縄が切れたのだ。当然だが、下には安全のため、「セーフティー・ネット（防御網）」が張られている。しかし、白鳥瑤子は、その網に助けられることはなかった。なぜなら、その網を繋いでいる四隅の部分が、もろくも切れたため、この美しき女性団員は網と共に硬いステージに叩きつけられたからだ。運悪く、頭から落ち、彼女は絶命した。

観客は騒然となり、サーカス・ショーは中止となった。

警察は最初から事件性があると睨んでいた。なぜなら、このサーカス団の興行では、この種の不祥事が起きたことは過去に一度もなく、まして空中ブランコの「縄」と、下で支える「ネット」が同時に切れることなど、偶然にしては出来過ぎているからだ。もちろん、サーカス団の主催者側も、他の団員たちも同意見だった。詳しく調べると、空中ブランコの太い縄は刃物でかなりの部分まで意図的に切られた跡があった。つまり、縄が何とか皮一枚でつながっている状態であったところへ、誰かが空中ブランコに乗れば、その体重で、すぐに縄が切れる状態だったのだ。同じく、下に張られたセーフティー・ネットも、四隅で結び付けられていた部分がかなりの所まで刃物で意図的に切られており、人がそこに乗った瞬間に網が崩れる状態だった。こうなると、「殺人事件」として捜査しないわけにはいかない。

これは昭和初期、東京・浅草の一角で行われていた帝都サーカス団の興行で起きた事件である。被害者の女性団員・白鳥瑤子《しらとりようこ》は十八歳。入団してまだ三年だが、サーカス団きっての美女であり、抜群のプロポーションである。もちろん、驚異の身体能力があり、空中ブランコの技も芸術的だ。彼女には多くのファンがおり、映画俳優や政財界の大物の間でも、白鳥瑤子の熱心な支持者がいると言われていた。そのため、彼女の転落死は新聞にも雑誌にも大きく取り上げられた。

警察は容疑者の特定に当たったが、サーカスの小道具に細工をしたのだから、当然サーカス団員、もしくは、その関係者が疑わしい。なぜなら、外部の人間がサーカスのテント小屋に侵入したら、団員たちに気づかれるし、犯行方法がサーカスの事情に詳しい人間だと思われるからだ。さらに白鳥瑤子を殺す動機のある者は、同じサーカス団にいて、彼女と何らかの人間関係があった者である可能性も高いのだ。

この事件の捜査を担当したのは浅草警察署の牛田という刑事。彼は四十代のベテランだが、被害者が際立った美女であることが事件の根底にあると睨んだ（のちに、彼の考えが正しかったことが判明する）。まず、牛田刑事は白鳥瑤子の男関係を洗った。あれだけの美人なら、当然恋人がいたと思われるからだ。団員たちに聞き込みをすると、被害者の白鳥瑤子には、同じサーカス団員の中で交際していた男性がいることが分かった。その男の名は青木勇人《はやと》と言って、二十四歳。先ほど説明した「空中ブランコ」のショーで、瑤子を、向こう側で受け止める役目をしていた男だ。彼は空中ブランコのメンバーの中でも最年長で、リーダー的な存在である。

牛田刑事は、この青木勇人に会って、事情を訊いた。彼は二枚目の好青年だ。刑事は彼に、空中ブランコの「縄」や下の「網」の管理状況について訊いた。すると、四十数名いるサーカス団の団員たちはショーの出演のほか、舞台セットや小道具の取り付けや後片付けまで自分たちでするという。特に空中ブランコの「縄」は、実際に空中ブランコ・ショーに携わっている団員たちで取り付けることになっていた。下で張られた「セーフティー・ネット」は面積が広く、設置するのに大人数が必要なため、ショーの演目に関係なく、手の空いている団員たちが協力して固定する。そして、昼間はサーカスのテント内は、小道具の準備のため、多くの団員たちがウロウロしているので、誰にも見つからずに、空中ブランコの「縄」や、下に張られた「網」に細工をすることは不可能だという。しかし、深夜になると、団員たちはサーカス小屋の外に建てられた「仮住居」で寝る。そのため、サーカス小屋は無人になる。ならば、深夜の犯行か。

事件が起きた日は、サーカス・ショーの三日目に当たり、前日までの二日間は空中ブランコの縄に異常がなかったことが、団員たちの証言で確認された。ということは、二日目のショーが終わった日の深夜に、何者かがサーカス小屋に侵入し、空中ブランコの「縄」と、下の「網」に細工をした可能性がある。

そこで、牛田刑事はあることに気づき、青木勇人に次のような質問をしてみた。

「ショーが行われるのは夜ですよね。ということは、団員の方々は、その日の昼間のうちにも空中ブランコのリハーサルをするのではないですか?」

青木はしっかりした口調で答えた。

「おっしゃる通りです。我々は、ショーが行われる日の昼間は空中ブランコも含め、全ての演目でリハーサルをして、万全を期すのです」

「で、今日の昼間は、空中ブランコの縄に異常はなかったのですか?」

「それが、今日に限って、白鳥瑤子は『体調が悪い』と言って、昼間のリハーサルを辞退したのです。だから、その時に彼女の乗る空中ブランコの縄や、下のセーフティー・ネットに細工がされていたとしても、誰も気づかなかったでしょう。いずれにしても、白鳥瑤子はウチの看板スターですから、もし彼女がショーに出られなかったらどうしようと我々は心配しました。しかし、体に怪我をしたわけでもなく、本人はあくまで『精神的な問題』だと言っていたので、夜のショーには出てくれるだろうと思っていました。実際、本番になる頃には、彼女は明るい顔に戻っていました。リハーサルはできませんでしたが、白鳥瑤子は空中ブランコの名手であり、過去に失敗したことは一度もないので、我々は彼女を信頼していました。なのに、あんなことになって……」

そこで、青木勇人は急に涙ぐんでしまった。

牛田刑事は彼を気遣いながらも、質問を続けなければならなかった。

「お気持ちはお察しします。ところで、被害者の白鳥瑤子さんを恨んでいる人間に心当たりはありませんか？」

「彼女は誰からも愛される性格で、しかもあんなに綺麗ですから、憎まれる理由はありません。ただし、素敵な女性だからこそ、彼女に嫉妬を感じる人はいたかも知れませんね。私自身はそういう兆候には気がつきませんでしたが、このサーカス団には団員が四十数名いるので、どこで、どんな人間関係があったかは知りません」

「あなたは、白鳥瑤子さんと交際していましたね」

「はい、それはウチの団員なら全員知っていますよ。私は彼女を愛していました。ひょっとして、我々の間に仲違《なかたが》いが生じ、私が彼女を殺したと疑っているんですか?」

牛田刑事はその可能性も視野に入れていた。なぜなら、恋人同士というのは最も深い人間関係であるため、愛情のほかに、様々な問題が発生する可能性も高いからだ。実際、過去に起きた事件でも、被害者が近しい人間に殺されたケースは少なくない。まして、空中ブランコの「縄」を取り付ける役目は、空中ブランコ乗りである青木勇人が担当しているのだ。しかし、牛田刑事は捜査の鉄則として、自分が相手を疑っているそぶりは見せず、別の視点から質問をした。

「いえ、そういう意味ではなく、あなたと白鳥瑤子さんのロマンスに嫉妬した人がいた可能性を考えたんですよ」

「もちろん、いたかも知れませんが、私はそういう事実を知りません」

牛田刑事は、次にこんな質問をしてみた。

「空中ブランコのショーに出演するのは、あなたと被害者の白鳥瑤子さんだけだったんですか?」

「いえ、彼女のほかに宇野シゲ子という女性団員がいます。彼女は二十歳です。男性団員も私のほかに、もう一人います。彼も『受け手』です。つまり、空中ブランコに出演するメンバーは全部で四人いるのです。前日までの二日間は、宇野シゲ子も出演していました。しかし、事件のあった今日のショーでは、その宇野シゲ子は、リハーサルと本番の両方を欠場したのです」

「ほう……、それは、なぜです？」

「昨日の夜、宇野シゲ子は腕に打撲を負い、痛みが残っていて、出演できなくなったからです。腕に力が入らないと、空中ブランコの棒をしっかり摑めませんからね」

「その宇野シゲ子さんという人は、どこでそんな打撲をしたのですか？」

「昨夜、つまり十月十三日の夜、彼女はショーが終了したあと、食料を買いにサーカス小屋から町のほうまで向かったのですが、暗い裏道を歩いている時に、背後から何者かが、彼女の右腕を硬い鈍器のようなもので殴ったそうです。彼女が振り向くと、犯人は既に遠くへ逃げ去っていたそうです」

「で、事件があった今日は、宇野シゲ子さんは空中ブランコのリハーサルにも、本番のショーにも出なかったのですね」

「そうです。我々男二人は空中ブランコに自分の両足をひっかけて、飛んで来る女性を両手で受け止め、振り子のように女性を振ったあと、また彼女を元の空中ブランコに戻す役目です。男性二人が女性陣の乗る空中ブランコに乗ることはありません。今日もリハーサルの時、我々男二人は自分の乗る空中ブランコに乗って、感触を確かめましたが、女性陣が乗る空中ブランコには誰も乗らなかったので、縄に異常があったことに誰も気づかなかったのです」

牛田刑事は「なるほど」と言うと、こんな質問をした。

「ところで、もし宇野シゲ子さんが腕を打撲せずに、今日の空中ブランコ・ショーに出演していたとしたら、演出の段取りとしては、最初にブランコに乗るのは、白鳥瑤子さんでしたか？それとも宇野シゲ子さんでしたか？」

青木勇人は、刑事の質問の意味が何となく分かった。

「最初に演技をするのは宇野シゲ子です。そして後半に白鳥瑤子が登場します。なぜなら、白鳥瑤子はウチのサーカス団きっての人気者であり、彼女を見るために来場する客も多いからです。看板スターは最後に登場させるのが、ショー・ビジネスの鉄則なのです」

牛田刑事は少し考えた。

もし宇野シゲ子が腕を殴打されずに、今日のショーに出演していたら、彼女が先に空中ブランコに乗り、死んでいたことになる。前夜の殴打事件が宇野シゲ子の命を救ったのだ。これはタイミングが良すぎるではないか！　ひょっとして、宇野シゲ子が空中ブランコの縄やセーフティー・ネットに細工をした犯人ではないか？　彼女は自分もショーに出演することになっているし、まして自分は白鳥瑤子よりも先に空中ブランコに乗らなければならない。だから、どうしても、自分がショーを欠場する理由を作らなくてはならない。それに「誰かに殴打された」というのは、宇野シゲ子の自己申告であり、第三者の証言がない。つまり、宇野シゲ子は自作自演で、「何者かに襲われた」と狂言をし、意図的にショーを欠場した可能性もあるのだ。

あるいは、宇野シゲ子以外の人物が犯人だった場合も、展開は同じだ。犯人は、宇野シゲ子を死なせずに、白鳥瑤子だけを殺す必要があった。だから、宇野シゲ子を殴打し、彼女をショーから欠場させた。いずれにしても、白鳥瑤子の転落死と、宇野シゲ子の殴打事件はわずか一日違いである。この両者に関係がないはずがない。

牛田刑事は、宇野シゲ子には絶対に会って、話を聞かなければならないと思った。


牛田刑事は、宇野シゲ子の楽屋を訪れた。

被害者・白鳥瑤子がサーカス団を代表する美女だったのに対し、宇野シゲ子は不美人ではないが、ショー・ビジネスに生きる女にしては、やや垢抜《あかぬ》けない感じだ。スタイルも良いとは言えない。年下の白鳥瑤子に、ショーの「トリ」を奪われてしまったのも分かる。実際、マスコミが帝都サーカス団のショーを取り上げる時は、白鳥瑤子の人気ばかりを強調し、宇野シゲ子が話題になることはほとんどなかった。

そんなことを考えながら、牛田刑事は宇野シゲ子に質問した。

「昨夜、暗い夜道で何者かに襲われたそうですね。その時の状況を詳しく話してもらえませんか。特に、犯人の人相について」

彼女はその時のことを思い出したのか、嫌な顔をして答えた。

「私が夜道を歩いていると、突然、背後から何者かが走って来て、私の右腕を硬い鈍器のような物で殴ったのです。私は一瞬のことだったので、何が起きたのか分からず、慌てて後ろを振り向くと、犯人は既に遠くへ逃げ去っていました。もちろん、後ろ姿しか見えませんでした。曲者《くせもの》はソフト帽をかぶり、男物のコートを着ていたことまでは何とか分かりましたが、辺りが暗かった上に、後ろ姿を見ただけなので、人相までは分かりませんでした。犯人は逃げ足が速かったし、私は腕に強い痛みを感じたので、相手を追う気力もありませんでした」

「警察に被害届は出さなかったのですか？」

「今も言ったように、犯人は既に遠くへ逃げてしまったし、警察を呼んでも、捕まらないと思いました。それに、ちょっと腕を叩かれたぐらいで、いちいち被害届を出すまでもないと思ったのです。しかし、サーカスの楽屋に戻って、袖をまくってみると、かなり赤く腫れていたのです。そして徐々に痛みが増してきました。これでは、空中ブランコをしっかり摑めないと思ったので、団長に『明日のショーは欠場します』と報告しました。今日になって病院に行くと、かなりの強い打撲で、一週間はサーカスには出演してはいけないと診断されました」

牛田刑事は念のため、彼女の腕を確認したが、確かに赤く腫れあがっているので、医師に確認する必要はないと思った。しかし、これで彼女への容疑が晴れたわけではない。自分で自分の腕を殴打することも可能だからだ。しかし、今のところは証拠もないし、相手を警戒させてはいけないので、牛田刑事はそのことには触れなかった。

彼は続けて訊いた。

「あなたへの襲撃は、白鳥瑤子さんの転落死の前日のことなので、この二つの事件は関連性が高いと思われます。つまり、もしあなたが何者かに腕を殴打されていなかったら、あなたが最初に空中ブランコに乗り、死んでいた。つまり、白鳥瑤子さんの転落死は、あなたを狙った犯行である可能性もあるのです。あなたに恨みを持っている人物に心当たりはありませんか？」

「私はお金も持ってませんし、私を殺しても、何の得にもなりませんよ。それに私は白鳥瑤子さんのように綺麗じゃありませんから、私を恨んでいる人間なんかいるはずがありません」

彼女は皮肉を込めて言った。

牛田刑事は、女性が自分の容姿を卑下《ひげ》する発言をした時、気を遣ってお世辞を言うと、かえって相手を怒らせてしまうことを知っていたので、そのまま質問を続けた。

「それでは、被害者の白鳥瑤子さんを恨んでいる人間に心当たりは？」

するると、宇野シゲ子は意地の悪い目つきで、こう言った。

「痴情のもつれが犯行動機だと言いたいんでしょ。私が白鳥瑤子さんの美貌に嫉妬して、彼女を殺したとでも⁉」

彼女はどこまでも自分の容姿に劣等感を持っているようだ。

刑事は慌てて否定した。

「いえ、そんなことは言っていません」

「いや、私には分かっています。私が腕を打撲したおかげで、今日のショーを欠場した。だから私は助かった。要するに、この殴打事件は私の『自作自演』だと言いたいんでしょ！」

「いえ、あなたが暗い夜道で何者かに襲われたという話は信じていません。しかし、犯人があなたを殴打したのは、あなたを助けるためだったとも言えます。つまり、犯人はあなたを死なせずに、白鳥瑤子さんだけを殺したかった。だから、あなたをショーから欠場に追い込んだのです。要するに、犯人はあなたに好意を持っていて、白鳥瑤子さんに恨みを持っていた人物という見方も出来るのです」

しばらく沈黙が続いたが、やがて宇野シゲ子はこう答えた。

「いずれにしても、白鳥瑤子さんを殺す動機のある者は知りませんし、私を夜道で襲った犯人は見当もつきません」

牛田刑事は、「腕の打撲は災難でした。我々は、あなたを襲った犯人も追及するつもりです。

お大事になさってください」と言って、その場を辞した。

帝都サーカス団の団長というのは、権田辰之進《ごんだたつのしん》といって、五十一歳の男である。彼の控室には、ショーに登場するライオンたちを叩くムチや大小さまざまな舞台道具が置かれていた。ついい先ほどまでサーカス・ショーが行われていたので、団長はまだ黒のシルクハットをかぶっている。彼は口髭を生やし、眉毛が太く、目も大きくて鋭い。極めて意志の強そうな風貌である。彼は若い頃は曲芸師として海外のサーカス団で経験を積み、帰国してからは自らの団体を立ち上げ、徐々に規模を大きくしていった。そして長年かけて、この業界で大成功を収めた実力者なのだ。

今から三年前、帝都サーカス団が地方興行をした時のことである。よく晴れた午後のひと時、夜のショーまで、まだ時間があるので、団長は田舎道をのんびり散歩していた。すると、彼は偶然、広場で踊っている少女を目にした。彼女の着ている服は見すぼらしく、化粧もせず、顔に小さな泥さえついていた。しかし、この少女には人を惹きつける魅力があり、その広場では、近所の少年少女や大人たちまでが、少女の踊りに見とれていた。そして、この少女こそが、十五歳の白鳥瑤子だったのだ。

団長は一目見て、〈この少女は使える！〉と直感した。なぜなら、彼女の踊りはどこで習ったのか知らないが、リズム感が抜群であり、何よりも目が自信に満ち溢れていたからだ。団長は、彼女に曲芸師としての優れた素質と、エンターテイナーとして大成功する未来を感じた。この少女は運動神経も良さそうだし、もしサーカスの訓練をさせ、豪華な衣装を着せ、美しい化粧を施せば、誰もが認める大スターになるだろう。〈彼女は、磨けば光る原石だ！〉そう確信した団長は早速、この少女の自宅を訪ね、彼女をサーカス団の団員として働かせたいと、両親に熱望した。少女の家は貧しく、彼女は学校にも行けなかった。この少女自身はサーカス団で働くことに不安もあったが、自分をアピールしたいという気持ちは少なからず持っていた。何よりも、少女の父親は数年前に交通事故に遭って以来、体が不自由になり、仕事ができず、収入もなく、母親の稼ぎも少なかった。ずっと貧乏のどん底にいた家族から見れば、一人娘が帝都サーカス団の花形スターになれば、本人だけでなく、家族も救われると思い、団長のオファーを即決で承諾してしまったのだ。

ちなみに、「白鳥瑤子」というのは本名ではない。彼女が空中ブランコ芸をする際、「白鳥のように、美しく宙を舞って欲しい」という願いを込め、団長がつけた芸名である。そして瑤子自身も、この芸名を大変気に入っていたという。

牛田刑事は以上のような話を、団長の権田辰之進から聞いた。白鳥瑤子のサーカス団に入団してからの華々しい活躍を見ると、団長の目に狂いがなかったことが証明されたのだ。さすが帝都サーカス団をここまで成長させた大物団長だと、牛田刑事は感心してしまった。

彼は団長にも、先ほどの二名と同じ質問をした。

「被害者の白鳥瑤子さんを恨んでいる人間に心当たりはありませんか？」

すると団長は厳しい表情になって答えた。

「白鳥瑤子は、少なくともウチのサーカス団の中では、誰からも愛されていました。興行収入が上がったのも、彼女の人気が大きく貢献していたことは、団員なら誰もが知っています。彼女を恨んでいる人間なんて考えられません。男女関係の事は知りませんが。しかし、ウチのサーカス団員たちの中に、悪い人間はいません」

牛田刑事は、こんな質問をしてみた。

「空中ブランコを演じていた女性は、白鳥瑤子さんと宇野シゲ子さんですね。あの二人は同年代のようですが、仲は良かったのですか？」

「まさか宇野シゲ子を疑っているんですか？　彼女は時々乱暴な口を利くこともありますが、決して悪い人間ではない。私が見た限りでは、あの二人はうまくやっていましたよ。我々サーカス団はチームプレイです。団員たちの中で不協和音があったら、演技は絶対に成功しません。まして空中ブランコは、人間同士のタイミングが一瞬でもズレると、大失敗をする危険性があるのです。だから、白鳥瑤子も宇野シゲ子も、お互いに相手を信頼していたはずです」

「その宇野シゲ子さんが昨夜、暗い夜道で何者かに襲撃されたのはご存じでしたか？」

「あぁ、私も昨晩それを聞いてびっくりしました」

「その事件については、まだ分かっていないことがありますが、犯人は誰もいない暗がりで宇野シゲ子さんの腕を殴っているにもかかわらず、彼女から物も盗まず、彼女を殺さず、彼女に性的暴行も加えず、そのまま逃げ去りました。この状況から判断すると、犯人は無差別に物を盗む窃盗犯でもなく、無差別に人を殺す殺人鬼でもなく、無差別に若い女性を襲う異常者でもありません。犯人は間違いなく、宇野シゲ子さんを狙い、彼女の腕を殴打することだけが目的だったと言えます。その翌日にサーカス・ショーがあることを考えると、この犯人は宇野シゲ子さんが空中ブランコに乗ることを知っていた人物で、彼女をショーから欠場させたかった人物、そして、彼女が夜の時間帯に、あの暗い道を通ることを知っていた人物ということになります。こうなると、どう考えても、宇野シゲ子さんの事情をよく知るサーカス関係者が疑わしいと言わざるを得ません」

すると、団長は意外にも、その説に同意した。

「状況から言って、そう考えるのが妥当でしょう。しかも、宇野シゲ子は背後から何者かに腕を殴られたあと、すぐに後ろを振り向いたが、犯人は既に遠くへ逃げ去っていたと聞いています。つまり、犯人は動きが俊敏で、逃げ足が速いのです。だとすれば、運動神経の良い人物、すなわち、サーカスの曲芸師を指していると言えます」

団長は、最初はサーカス団員をかばっていたのに、少し説を変えてきた。

牛田刑事はこんな質問もした。

「我々は、その翌日の白鳥瑤子さんの殺害事件は内部犯の可能性が高いと見ています。団員の皆さんも、サーカス関係者が疑わしいと証言していますが、団長も同じご意見ですか？」

団長は無言で頷《うなず》いた。そして、こう言った。

「空中ブランコの『縄』や、下で受け止める『セーフティー・ネット』に細工をしたのは内部の人の犯行でしょう。外部の人間が勝手にウチのサーカス小屋のテントに入って来たら、すぐに分かるし……」

牛田刑事は口を挟んだ。

「しかし、深夜になると、サーカスの舞台会場は無人になります。それにサーカスのテント小屋というのは、鍵の掛かっていない出入口がありますね」

「確かに。しかし、外部関係者がサーカスのテント内に忍び込んだ可能性は低いと思いますよ。ショーの小道具に細工をする手口は、サーカスの事情に詳しい人間だと思うからです。特に空中ブランコの『縄』に切れ目を入れるのは、『どのあたりまで切れば、人が乗った瞬間に縄が切れるか』という、さじ加減まで分かっている人間の仕業です。そこまで慣れた細工をしたとなると、サーカス団員の中でも、特に空中ブランコの関係者が疑わしい。しかし、こんなことを言っておいて何ですが、先ほども言ったように、私はウチのサーカス団の中に、人を殺すような悪い人間がいるとは思えません。確かに、私が今指摘した二つの可能性は相反するもので、矛盾しています。だから、私には不思議なのです」

しかし団長が指摘した、二つの相反する可能性は、両方とも正しかったことがのちになって分かった。

牛田刑事は、他のサーカス団員たちにも事情を訊いたが、前述の三人の証言以上の収穫はなかった。団長の言うように、白鳥瑶子の転落死に関しては、部外者の犯行の可能性は低い。サーカス関係者の誰かが、深夜にサーカスのテント内に侵入し、空中ブランコの縄と、下に張られたセーフティー・ネットを切ったのだ。サーカスのテント内は深夜は無人となる。そのため、「小道具」に細工をした犯人を見た目撃者はいなかった。このままでは、犯人を特定する証拠を摑めない。牛田刑事は、次に視点を変え、第一の事件「宇野シゲ子・殴打事件」の状況や犯人像から、第二の事件「白鳥瑶子・転落事件」の真相を導き出すべきだと判断した。そこで、昨晩、夜道で宇野シゲ子の腕を殴打した犯人の特定のためにも、聞き込み捜査をすることにした。

彼はとりあえず、帝都サーカス団のテント小屋を去ろうとした。

するとと、先ほどの宇野シゲ子が牛田刑事のもとに走って来て、こんなことを言った。

「すいません。先ほど、言い忘れたことなんですが、被害者の白鳥瑤子さんのことで、ちょっと刑事さんのお耳に入れておきたいことがあります」

「ほう。それは助かります。是非、伺います」

そして、彼女は次のように語った。


一昨日、すなわちサーカス公演の初日、ショーが終わったあと、宇野シゲ子と白鳥瑤子が楽屋で着替えている時のこと。

彼女たちは、今日の自分たちの演技や、ショーを見た観客の反応について語り合っていたが、突然、白鳥瑤子が真剣な表情で、宇野シゲ子にこんなことを訊いたのだ。

「シゲ子さん、あなたには好きな人がいる？」

宇野シゲ子は、これまで白鳥瑤子がそんな質問をしたことは一度もなかったので、やや驚いたが、はっきりと答えた。

「ええ、あたしにだって、好きな人ぐらいいるわ。それが誰かは内緒だけどね」

白鳥瑤子はさらに訊いてきた。

「で、その人と結婚するつもり？」

シゲ子は自信を持って答えた。

「もちろん、あたしはその人と絶対に結婚するつもりよ！　彼もあたしとの結婚を望んでいるの」

すると瑤子はニッコリ笑って、言った。

「そう、それはよかったわね」

しかし、瑤子の声には、どこか影が差していた。

シゲ子は、不思議そうに言った。

「瑤子さんにだって、空中ブランコ乗りの青木勇人さんという素敵な男性がいるじゃない。彼とは結婚するんでしょ。しかも、あなたは帝都サーカス団の花形スターよ。多くのファンが、あなたに憧れているのよ。あたしから見れば、あなたのほうがずっと幸せそうに見えるわ！」

しかし、瑤子は暗い表情のまま言った。

「うん、でも……」

宇野シゲ子はそこまで刑事に話すと、さらに続けた。

「私たちがその会話をしたのは、白鳥瑤子さんが殺される二日前です。彼女はこのサーカス団のトップ・スターです。彼女に悩みなんてあるはずがありません。実際、瑤子さんはこれまで、私の前で暗い表情をしたことは一度もありませんでした。彼女は明るい性格なんです。その彼女がいつになく、思い詰めている状態だったのです。その時は、それほど気には留めていませんでしたが、その二日後に白鳥瑤子さんがあのような無残な最期を遂げたので、私はそこに何らかの関連があるのではないかと……」

牛田刑事はしばらく考えていたが、やがて言った。

「なるほど。事件の二日前に、白鳥瑤子さんが思い詰めた表情で、恋愛の話をしたんですね。これは、事件の真相に影響する事実かも知れません。我々も検討する必要があるでしょう。貴重なお話をありがとうございました」

そうは言いながらも、牛田刑事には、先ほど聞いた二人の女の会話があの殺人事件とどのような関連を持っていたのか、はっきり摑めなかった。しかし、宇野シゲ子の今の証言は、間違いなく事件の核心を突いていたことが、間もなく分かった。

翌日、浅草警察署に一通の封書が届いた。差出人の名前は「白鳥瑤子」であった。消印を見ると、その手紙は昨日、すなわち彼女が夜のサーカス・ショーで空中ブランコから転落死した日の午前中に投函されたものであることが分かった。

その内容をここに示す。

私は警察の方々に御報告しなければならないことがあります。

サーカス公演の二日目、すなわち十月十三日の夜に、暗い道を歩いていた宇野シゲ子さんを背後から襲い、彼女の腕を殴打したのは私です。と言っても、悪意からやったことではありません。むしろ、宇野シゲ子さんの命を救うためだったのです。しかし、その時点では、私が犯人だとは彼女には知られたくなかったので、わざと暗い場所で襲い、犯人を男だと思わせるために、ソフト帽をかぶり、男物のコートを着ました。私は運動神経には自信があります。それは空中ブランコ芸で証明済みです。だから、彼女を殴打したあとの「逃げ足」も速かったのです。しかし、警察の方がこの手紙を読む頃には、私がなぜ宇野シゲ子さんを襲ったのか、その理由が判明しているはずなので、彼女も許してくれるでしょう。

周知のこととは存じますが、私は、同じ空中ブランコ乗りの青木勇人さんという男性とお付き合いしています。彼とは、いずれは結婚を誓った仲です。しかし、最近になって、我々の未来に影が差してきました。

以前、帝都サーカス団のショーを鑑賞された観客の中に、東郷秀一氏という代議士の方がいらっしゃいました。お気づきでしょうが、彼は東郷法務大臣の御子息でいらっしゃいます。そして、その東郷秀一氏が舞台上の私を見染めてしまったのです。そして彼は、私との結婚を希望されたのです。彼のお父上の東郷法務大臣が直接私の両親の自宅を訪れ、秀一氏と私の縁談の申し込みをなさったのです。

その日の夜、父も母も私を見つめ、涙を流しながら、「どうか、家族を助けると思って……」と言ってきました。私も、もう十八歳です。その言葉の「意味」が分かりました。私には、結婚を約束した青木勇人さんという人がいます。そして、幼い頃から、愛する男性と結婚することを夢見てきました。しかし、両親から正式に紹介された人と結婚するのが正しい女性です。まして、私の父は体が不自由で、ほとんど収入はなく、母の稼ぎも微々たるものです。私のような芸人は収入が不安定で、いつまでこの状態が続くかも分かりません。将来、年老いた両親を、私のような芸人が世話できるのかを考えると、不安です。法務大臣の御子息と結婚すれば、経済面だけでなく、様々な面で優遇が期待され、両親を助けることもできます。そして、貧しいながらも、私をここまで育ててくれた両親に恩返しができるのです。貧しい田舎の娘が、未来を約束された法務大臣の御子息と結婚できるのですから、この縁談には感謝こそすれ、拒否するなど言語道断であることは、私も重々承知しております。

しかし、青木勇人さんとの結婚も諦め切れません。かと言って、東郷秀一氏との結婚を断れば、両親を苦しめることになります。私はジレンマに陥ってしまったのです。青木勇人さんには、まだこの話はしていません。宇野シゲ子さんに相談しようとしましたが、結局、言えませんでした。

考えに考えた末、私は愛していない政治家との結婚を拒否することにしました。しかし、それは両親の希望を裏切ることになります。したがって、私は両親に対する贖罪の意味で「死」を選びました。

芸人が「死ぬなら、舞台の上で死にたい」という言葉を口にしたのを聞いたことがあるでしょうか？　私は、あの言葉には半信半疑でしたが、自分がサーカスの曲芸師という芸人になってみて、ようやくその意味が分かったのです。帝都サーカス団の舞台は、私が生まれて初めて喜びと生き甲斐を実感した場所です。だからこそ、ここで死にたいのです。この輝かしい舞台でスポットライトを浴び、多くの観客から脚光を浴びながら死んでいきたい。そうすれば、私は永遠にショーを続けることができるのです。永遠に……

したがって、私が死ぬのはサーカスの本番中でなければなりません。ショーの前日の深夜、サーカスのテント小屋に侵入し、空中ブランコの「縄」と、下に張られた「セーフティー・ネット」の四隅を刃物で切ったのは私です。私は空中ブランコの専門家です。どのあたりまで縄を切れば、見た目は普通の空中ブランコでも、人が乗った瞬間に縄が切れるかという「さじ加減」が分かるのです。今日の昼間のリハーサルは、私は「体調が悪い」と嘘をつき、休むつもりです。なぜなら、既に空中ブランコの縄が切れかかっているので、リハーサルをするわけにはいかないからです。私が死ぬのは、絶対に本番中でなければならないのです。私が殴打した宇野シゲ子さんの腕はかなり赤く腫れていて、彼女はリハーサルにも本番にも出られません。彼女の命は助かりました。本当によかったです。シゲ子さんの腕が早く治ることを祈ります。

しかし、私が空中ブランコから転落死を遂げれば、「縄」も「網」も細工されているし、殺人事件として捜査されます。そうなると、他のサーカス団員たちに疑いの目が向けられてしまいます。あの人たちは素晴らしい人ばかりです。彼らに、あらぬ疑いをかけられぬよう、私はこうして事件の真相を書いたのです。
今夜開催される帝都サーカス団のショーで、私は芸名の「白鳥」のように、美しく宙を舞いながら散っていくでしょう……

白鳥瑶子

Swan Song

予言者

「そんな話は信じられない」

「でも、本当なんです」


時は昭和末期。ここは、東京・赤坂にある某高級レストランの二階。

探偵小説愛好家の集まる会合「ディテクティブ」が開かれるのは、月に一度。最終土曜日の午後九時に、このレストランの二階を貸し切りにして、男女五人が集うのだ。ミステリアスなムードを醸し出すため、メンバーは性別と職業と年齢は明かすが、顔と本名は明かさない。そう、全員が〈仮面〉をつけ、お互いを「職業」や「ニックネーム」で呼び合うのだ。

このクラブの発起人は、某私立大学教授の四十二歳の男性。専門は心理学だ。皆から、〈ドクター〉と呼ばれ、このクラブではリーダー的な存在である。彼は、親しい人間同士だと親近感が湧きすぎて、「緊張感」を味わえないという自論を持っていた。そのため、あえて見知らぬ人間同士の集まりにしようとしたのだ。新聞広告でミステリーや超常現象の愛好家を募集し、年齢も職業も全くバラバラの男女五人がメンバーとなった。お互い「親近感」を持たせないため、個人的なことは一切立ち入って訊かないというのがルールだ。〈仮面〉をつけるのも、そのためだ。

この会合の目的は、自分たちの体験した不思議な出来事について語り合ったり、推理し合ったりすること。それも見知らぬ者同士が語り合うことに最大の特徴がある。

十月二十六日、夜九時。

ひと月ぶりに〈仮面の会合〉が始まった。メンバーの五名全員がいつも通り、〈仮面〉をつけ、テーブルを囲んでいた。このレストランの二階は貸し切りだと言ったが、この部屋自体が異国情緒漂うデザインであり、ムード満点だ。室内に神秘的な印象を与えるため、そして孤立した空間という印象を与えるため、全ての窓にカーテンがかかり、外の様子が一切分からないようになっている。

リーダーのドクターは、〈黄金仮面〉のデザインを施したマスクをつけている。

彼はゆっくりと口を開いた。

「今晩も、皆さんとお会いでき、大変嬉しいです。今日は私から実に興味深い事件をお話しします」

そう言って、彼は自分と同じく〈仮面〉をつけた他の四名のメンバーを鋭い目で見つめ、話を始めた。

「これは、ある筋から聞いたことですが、東京郊外の※※市の、それも周辺には民家の全くない淋しい場所に『占い館』が立っています。巷《ちまた》の噂では、この『占い館』の料金は破格と言ってもよいほど高額ですが、その代わり、そこで聞いた予言が奇跡的に必ず当たるというのです」

「何だか、インチキっぽいね」

そう言ったのは、四十九歳の男性。彫刻家だというが、その素性は謎だ。彼は部族がつけるような、原始的で不気味な〈茶色の仮面〉をつけていた。

今度は女の美しい声がした。

「まるで小説みたいですね。興味をそそるわ」

彼女は三十二歳だが、その声には、どこか上品さが漂っている。身のこなしも清楚であり、某一流企業で社長秘書をしているというのも頷《うなず》ける。彼女は光り輝く〈銀色の仮面〉をつけていた。

ドクターは続けた。

「これからが本題です。それは世にも不思議な、信じられない出来事でした」

仮面のメンバーたちは、ドクターの話にじっと耳を傾けた。

「そもそも、『占い館』に行く人というのは、何らかの悩みを抱えている人です。そして、悩みというのは、ほとんどが人間関係の問題です。当然、嫌いな人間がいて、その人から離れたい、場合によっては、その人に死んで欲しい、と思ったことは、誰にでもあるはずです」

そこまでドクターが話すと、全員が固まってしまった。〈仮面〉に隠れ、それぞれの顔が見えないものの、皆が緊張した表情であることが窺《うかが》える。

ドクターの声だけが不気味に響き渡る。

「ある日、某会社に勤務する若いOLがその『占い館』を訪れました。彼女は上司のセクハラに悩んでいたのです。古くて立派な門には、地味な字で『ダーク・フォーチュン』と書かれた看板が掲げられていました。彼女がその門を入り、奥へ進むと、木々の隙間から不気味な古屋敷が見えました。それは、いかにも『占い館』という雰囲気を醸《かも》し出していたそうです。女性は少し不安になりながらも、正面玄関から古屋敷に入りました。内部はどこも薄暗く、妖しげなムードが漂っていました。事前に予約していたので、すぐに受付の若い男が現れました。彼は女性を奥の、さらに薄暗い部屋に案内しました。そこには窓が一つもなく、わずかな〝光〟しか灯っていません。室内にはハーブの香りが漂っていました。部屋の一方には黒いカーテンが掛かっています。客の女性は心細くなりました。やがて、その黒いカーテンが開き、奥の暗がりから、いよいよ予言者が登場しました。その人物は『ゲラン』という名の女性で、全身黒ずくめの装束を着ていました。彼女は暗がりの中にいたので、人相も分かりづらく、年齢も定かではありませんでした。客の女性は、ゲランの威厳のあるオーラに、思わず緊張してしまったそうです。

しかし、この予言者は意外にも優しい声で、『何か悩み事がおありですか？』と彼女に訊いてきました。

客の女性は恐る恐る自分の上司のセクハラの件を打ち明け、懇願するような目でゲランを見つめました。

すると、黒ずくめの予言者は神々しい目で相手を見つめました。そして、自分の両手を女性の頭の付近に近づけ、崇高な声で『目を閉じてください。そして、あなたの本当の望みを、心の中で強く念じてください』と言ったのです。

女性は目を閉じ、ソレを強く念じました。

次にゲランは女性に紙を渡し、そこに上司の名前と会社名を書くよう指示しました。

彼女は言われた通りに、紙にソレを書きました。

この予言者は、その紙に書かれた文字を鋭い目でしばらくじっと見つめていましたが、やがて女性に、

『安心してください。その上司は一週間以内に、こうなります』

と言って、その紙を手元で魔法のように燃やしてしまったのです。

その時、この予言者の〝目〟が不気味な笑みを浮かべたのを、女性ははっきりと見ていました。そして五日後、その女性の上司は交通事故で死にました」

しばらく、その場がシーンと静まり返った。

やがて、彫刻家が〈茶色の仮面〉を左右に振りながら、言い放った。

「そんな話は信じられない」

「でも、本当なんです」とドクターが反論した。

今度は、社長秘書の女が〈銀色の仮面〉を美しく光らせ、意見を述べた。

「でも、一回ぐらいなら、ただの偶然ということもあるのでは？」

するると、初登場の若い青年の声がした。

「でも、ドクターが『奇跡的に必ず当たる』と言うからには、まだほかにも例があるんじゃないですか？」

彼はファッションモデルで、二十八歳。プライバシーを見られたくないという点では、仮面をつける儀式は有り難い。彼の〈青い仮面〉は、さすがモデルだけあって、殊《こと》のほかセンスが良い。

ドクターは答えた。

「その通り。別の例を挙げましょう。数年前、あるエンジニアの男性の中学生の娘が何者かに性的暴行を受けたあげくに、殺されました。しかし、容疑者として逮捕された若い政治家の男には、殺害時刻に別の場所にいたというアリバイの証言があったため、証拠不十分により、無罪となった。

しかし娘の父親は、そのアリバイの証言は『狂言』だと確信していた。ある筋から、その事実を掴んだのです。その容疑者はある大物政治家の息子であったため、『裏の権力』が働いて、無罪になったというのです。

被害者の父は、法の力ではどうしようもないと思い、『神秘の力』に頼ったのでしょう。前述の『ダーク・フォーチュン』に行き、予言者・ゲランに全てを話しました。そして、愛する娘を失った上に、犯人を処罰することもできない無念さ、苦しさを訴えました。そして、自分はどうすればよいのか、『神の啓示』を求めたのです。

するど、ゲランは神々しい目でしばらく相手を見つめました。そして、自分の両手を彼の頭の付近に近づけ、崇高な声で、『目を閉じてください。そして、あなたの本当の望みを、心の中で強く念じてください』と言いました。

彼は目を閉じ、ソレを強く念じました。

次にゲランは彼に紙を渡し、そこに政治家の名前を書くよう指示しました。

彼は、紙にソレを書きました。

この予言者は、紙に書かれた名前を鋭い目でしばらくじっと見つめていましたが、やがてある予言を言い渡しました。

『その政治家には一週間以内に必ず神の裁きが下るでしょう。そして、あなたの娘さんの無念は晴らされ、あなたの心の苦しみも癒やされるのです』

そして、ゲランは政治家の名前が書かれた紙を、妖術のように一瞬で燃やしてしまいました。その時、この予言者の〝目〟が不気味な笑みを浮かべたのを、被害者の父親ははっきりと見ていました。

その六日後の夜、その政治家は都内の某高級ホテルの前の道路で、頭から血を流して倒れているところを発見されました。絶命していました。状況から言って、彼はそのホテルの屋上から転落死したと思われました」

またもや、その場がシーンとなってしまった。

それまで黙っていた若い女が初めて声を出した。

「転落死というと、自殺ですか？　それとも……」

彼女はメンバーの中では最年少の二十一歳で、デパートの店員である。目元だけを覆う、鋭く妖しい〈赤いマスク〉は、まるで小悪魔か、女王様といったところだ。さらに口紅も真っ赤なので、皆から〈レッド〉と呼ばれている。

彼女の問いにドクターは、こう答えた。

「その政治家は、そのホテルで開かれていたパーティーに出席していたのです。彼の友人の証言では、その政治家はパーティーの途中、『ちょっと席を外す』と言って、廊下に出ましたが、いつまで経っても戻って来ないので、友人は不審に思ったそうです。政治家はそのまま屋上へ上がったのでしょうが、目撃者もなく、彼が屋上で誰かと会う約束をしていたかどうかまでは確認できませんでした。ただ、屋上の手すりの内側には、彼の靴がきれいに並べられていました。遺書はなかったものの、死体には争った形跡がないため、自殺の可能性が高いと判断されました」

彫刻家の男が訊いてきた。

「そういう話を、ドクターはどこから仕入れたんでしょうか？」

「私が『ダーク・フォーチュン』の存在を知ったのは、ある占いを扱う専門雑誌でした。そこには、ゲランのことを『奇跡の予言者』と紹介されており、『彼女の的中率は神のごとくである』とまで書かれていました。実際にそこに行った客の体験談も書かれており、それが今話した内容です。私は、この件について徹底的に調べました」

そこでドクターは、ワインを一口飲み、先を続けた。

「先ほど話したOLは、ゲランに、『心の中で、本当の望みを念じてください』と言われた時、『その上司に死んで欲しい』と念じたそうです。そして、それが実現したので、彼女はゲランのことを神のように畏れた、と言っています。彼女が言及した会社の上司の交通事故については、確かに過去の新聞に、某会社の部長が交通事故で死亡したという記事が載っており、事故の起きた場所と日時が、占い雑誌に載っていた情報と一致していました。

娘を殺された父親も心の中で、『犯人である若い政治家を殺してやりたい』と念じました。その希望がかなった時は、高額の料金にも納得したと言っています。ちなみに、その政治家の死亡ニュースはマスコミでも話題になったので、皆さんもご記憶でしょう」

「えっ、それじゃあ、死んだ政治家というのは、やっぱり『あの人』のことだったんですか？」

社長秘書の女が訊いた。

ドクターは頷《うなず》いた。

「占い雑誌には実名は書かれていませんが、事件の日時と事故現場が一致しているし、彼が出席していたパーティー会場も正確に書かれています。さらに、過去に容疑者になった若い政治家という点でも同じなので、ほぼ間違いないでしょう」

メンバー全員が、〈仮面〉でお互いを見つめ合いながら、唸ってしまった。誰もが知っている政治家だったからだ。

ドクターはさらに話を続けた。

「まだ、ほかにも例があります。ある四十代の主婦が、自分の夫が二十代の若い女と不倫している事実を知りました。妻は夫が許せないと、激しい憎悪を持ったが、離婚するだけではあきたらない。夫と不倫女を共に葬り去りたいと、予言者・ゲランに相談しました」

すると、若い青年モデルが口を挟んだ。

「ちょっと待ってください。そうなると、もはや占いの相談ではなく、『この人を殺してください』という殺人の依頼ではありませんか！」

ドクターは答えた。

「そうですね。予言者・ゲランの魔力は、その筋の人たちのあいだでは、かなり広まっていました。依頼に来た主婦は、例によって、夫と不倫女の名前を紙に書かされ、ゲランは鋭い目でその紙をじっと見つめ続け……」

「そして、『一週間以内に無念は晴らされる』と言って、その紙を燃やしたんだね。そして予言通り、その夫と若い女は死んだと言うんだね」

彫刻家は先を読んでいた。

ドクターは頷いた。

「四日後に、その二人の死体が奥多摩の湖で発見されました。この男女は、乗っていたボートごと湖に沈み、溺死したのです。警察が調べた結果、そのボートはかなり老朽化しており、小さな穴が開いていたため、そこから水が漏れたと分かった。当然、ボート小屋の管理者は『業務上過失致死罪』で逮捕されました。ただし、この男は予言者・ゲランとは全く接点がありません。この事件も、占い雑誌と新聞記事の内容が一致しているのを確認したので、間違いないでしょう」

社長秘書の女は、〈銀色の仮面〉をキラリと光らせながら、神妙な声で言った。

「そのゲランという女は、確かに『奇跡の予言者』ですね。で、この件について、警察は『占い館』に行って、事情を訊いたんですか？」

ドクターは首を横に振った。

「この三つの死亡事件には何の接点もないし、雑誌というのはとかく作り話も書く。それに、その占い雑誌は実名を出していないので、どんなに状況が酷似していても、実際の事件と結びつけることはできない。また、予言だと言っているが、全ては事件後に書かれたものです。つまり、事件が起きた後に、『実は予言していた』と言っているだけだ、という見方もできるんです。第一、警察は『呪い』の噂ぐらいじゃ動きませんよ」

若い〈レッド〉は、小さなマスクの奥から脅えたような目を覗かせながら言った。

「でも、実際に三人の人間が、いや、不倫カップルは二人だから、合わせて四人もの人間が死んでるんですよね」

ドクターは再び首を横に振った。

「私が話したのは、ほんの一部です。その占い雑誌の過去数ヶ月分の記事を読むと、予言によって出た死者は相当な数に及ぶ。私はそれらの件を詳しく調べましたが、全て事実だと確認しました。しかも、それらの死は全て、『事故死』『病死』『自殺』として処理されている」

それを聞いた全員が、ゾーッとしてしまった。予言者・ゲランの魔力は本物なのか。

彫刻家は、不気味な〈茶色の仮面〉を上に向け、「ウーン」と唸ってしまった。

青年モデルは、「いずれにしても、実に不可解な事件ですね。私には『呪い』としか思えません」と言って、〈青い仮面〉を両手で抱えてしまった。


ドクターは全員を見回して言った。

「この話には、まだ続きがあるんですよ。私が、ただ雑誌の記事を読んだぐらいのことで、この場にそんな話を持ってきたと思いますか？　実は、私はこの事件の実態を確かめようと思い、先週、例の占い館『ダーク・フォーチュン』まで行ってきたのですよ」

「ほう、それは興味深いね」と彫刻家。

「で、そのゲランという予言者に会ったんですか？」と青年モデル。

ドクターは〈黄金仮面〉の奥から自信に満ち溢れた目を覗かせて、言った。

「この謎の予言者は、週に数回だけ、予約制で客を占う。受け付けは必ず夜の七時以降からと決まっている。それも、一日に一人の客しか取らないため、客が他の客と鉢合わせすることは絶対にない。私は大分前から、彼女にアプローチを試みていたのですが、この女は相当人気があるらしく、なかなか予約が取れなかった。そして、先週やっと、その『ゲラン』に会うことができたのです」

一同の〈仮面〉が、一斉にドクターに向いた。

ドクターはひと呼吸おいてから、じっくりと語り始めた。

「その夜、私は『占い館』の門をくぐり、奥へ進みました。木々の間から見えたのは、噂通り、怪しげな古屋敷でした。あんな場所に一人で入って行くのは、気味が悪かったですよ。屋敷内に入ると、どこも薄暗く、ミステリアスな雰囲気でした。事前に覚悟はしていたものの、異常に高額な料金を払わされたあと、受付の若い男に案内されて、奥の部屋まで行きました。そこは、さらに暗く、わずかの〝光〟しか灯っていません。室内全体に妖しげなハーブの香りが漂っていました。しばらく待つと、部屋の一方にある黒いカーテンが開き、いよいよ奥の暗がりの中から予言者・ゲランが登場しました。噂通り、彼女は全身黒ずくめの装束を着ていました。

私が初めて見る女性でしたが、確かに彼女の姿には威厳とオーラを感じました。

この予言者は、風貌には似合わない優しい声で、『何か悩み事がおありですか？』と訊いてきました。

そこで、私はこんな作り話をしたのです。

『同じ大学に勤める先輩の教授が、私が学内で不正行為をしているとデタラメの噂を流し、私を大学から追放しようとしています。私はその教授が許せない。そして憎い。どうしたらいいでしょうか？』

するとゲランは神々しい目で私を見つめました。

そして、自分の両手を私の頭の付近に近づけ、崇高な声で、『目を閉じてください。そして、あなたの本当の望みを、心の中で強く念じてください』と言いました。

私は目を閉じましたが、心の中では何も念じませんでした。

次にゲランは、私に紙を渡し、『ここに、あなたの大学の名前と、その教授の名前を書いてください』と指示しました。

私はそこでフェイクをしました。何と私自身の名前を紙に書いたのです。私は『占い館』には偽名で予約していたので、彼女はこのトリックに気づきませんでした。すると、ゲランは鋭い目で紙に書かれた名前をしばらくじっと見つめていましたが、やがて私にこう予言しました。

『安心してください。その※※教授には、一週間以内に必ず天罰が下ります』

そして予想通り、彼女は私の名前が書かれた紙を魔術のように、パッと燃やしてしまいました。その時、この予言者の〝目〟が不気味な笑みを浮かべていたのを、私ははっきりと見ました。

そして私はその『占い館』を出ました。その後、六日間は私の身に何事も起きていません。

そして、今日が七日目に当たるのです。今、午後九時四十二分です。つまり、あと二時間と十数分以内に私が本当に死ぬかどうか、私はどうしても確かめたいのです」

ドクターの〈黄金仮面〉が異常に不気味に見える。

他の四人は、今の話に聞き入ってしまい、皆が〈仮面〉の奥から恐ろしい〝目〟をドクターに向けていた。

社長秘書の女が不可解そうに〈銀色の仮面〉を傾《かし》げて訊いた。

「ドクターは、なぜそんな事をしたんですか？」

「私には、ある計画があるのです」

若い〈レッド〉は少し考えたあと、こう訊いた。

「すると、ドクター。誰かが、このレストランに、あなたを殺しに来るというんですか？」

ドクターは頷いた。

「ゲランは『天罰が下る』と言いました。過去の例から言って、それは私が死ぬということでしょう。しかも、この状況では、事故死も病死も、もちろん自殺もない。ということは、誰かが私を殺すということです」

社長秘書の女が、〈銀色の仮面〉を静かに左右に振り、心配そうな声を出した。

「まさか……。でも、このレストランの二階は私たちの貸し切りです。誰も中へ入って来られないわ」

「あたし、怖い……」

そう言ったのは、若い〈レッド〉だ。彼女は体を震わせている。しかし、その目元の小さな〈赤いマスク〉は妖しげなムードが漂い、彼女からは色気のある香水の香りが発散していた。

ドクターは続けた。

「私は考えました。ゲランの予言が必ず当たるのはなぜか？　占いの専門雑誌に、彼女の的中率の高さが紹介されたのはなぜか？　占い館『ダーク・フォーチュン』の料金が異常に高いのはなぜか？」

ドクターは四名のメンバーの一人一人を注意深く見まわしていた。〈仮面〉の奥からでも、ドクターの鋭い目つきは、はっきりと確認できる。

彼の声が、より威厳を増したように見えた。

「まず、予言が当たったとします。一度ぐらいの偶然なら認めてもいいが、偶然が何度も重なることはない。そして、未来を的中させる超能力を私は絶対に信じない。残る答えはただ一つ。ゲランは『予言』を、そのまま『実行』したのです。

この予言者は、必ず依頼人に『本当の望み』を念じさせる。恨みのある人間がいる客は、当然その人に『死んで欲しい』と念じるはず。そこでゲランが、その人物の『死』を予言すれば、客は『自分の心の中を透視された』と錯覚します。さらに、その人物が本当に死ねば、ますますゲランの魔力を信じる。

ゲランがいつも『一週間以内に死ぬ』と予言したのは、言葉に神秘性を持たせる意味もあるが、その人物の素性を調べ、確実に殺すためには、一週間は要するからでしょう。

ＯＬの上司の交通事故死も、ゲランが自分の車で意図的にはねた。若い政治家の転落死も、彼女が何らかの方法で彼と接触を持ち、屋上で『密会』する約束でもして、隙を見て彼に麻酔剤を嗅がせ、意識不明になった彼を下へ突き落としたのでしょう。奥多摩の湖での不倫男女の溺死も、ゲランがボートに巧みに穴を開けた。考えてみれば、いくらボートが老朽化していたとはいえ、ボート小屋の管理者が、穴が開いたままの状態で、客にボートを貸すはずがない。その他の多くの死亡事件も、ゲランの仕業でしょう……。

ゲランは『人を心理的に操《あやつ》る』という点でも、『証拠を残さずに人を殺す』という点でも、犯罪のプロですよ。

こうして、占いの世界では、ゲランは神格化されていった。しかし、あまりの的中率の高さから、ゲランに対して不信感を持つ人が現れたはずです。それでも、ゲランは『ある理由』によって、そういった人間までも取り込んでしまった。そして徐々に、ゲランと客たちの間で『暗黙の了解』が出来上がったのです。

どういうことかと言うと、新聞や雑誌の広告に、『殺人を請け負います』なんて書けるはずがないですよね。だから、占いの雑誌に『必ず当たる予言者』と紹介し、彼女が過去に的中させた死亡の予言を載せ、さらに破格の料金を示せば、そこに言外の意味を汲《く》み取って、ゲランに『ソレ』を依頼に来る人が現れるだろう、と見込んだのです。雑誌に『占いが必ず当たる』と載せただけでは殺人の依頼を募っている証拠にはならない。占い館に行った客たちも、『未来を占ってもらっただけ』と言えば、殺人を依頼した証拠にはならない。

ゲランが予言を開始する時、自分が殺す人間の名前が書かれた紙を必ず燃やすのは、証拠を消すため。燃やす前に、しばらく紙に書かれた名前をじっと見つめていたのは、紙が消えて無くなる前に、その名前を頭の中にしっかり記憶するため。そうして、ゲランという女は人を殺し、大金を稼いでいたのです。全く怖ろしい殺人鬼ですよ、彼女は。

先ほども言ったように、私は占い館『ダーク・フォーチュン』で、この予言者にちょっとしたトリックを仕掛けました。殺したい人間を私自身の名前にしたのです。そして、『その男は十月二十六日の夜九時に、赤坂の〝※※レストラン〟の二階で開催される《ディテクティブ》という仮面の会合に出席し、そこでは《ドクター》と呼ばれている』と伝えました。それを聞いたゲランは、さぞかし喜んだでしょう。標的が自分の手中に収まっているのですから。幸い、ゲランは私の顔を知りません。なぜなら、私はこの会合ではいつも〈仮面〉をつけているからです。同じ理由によって、私もゲランの素顔を知りませんでした。ただし、私はゲランの声を知っています。なぜなら、私はいつもこの会合で彼女と会話をしているからです。同じ理由によって、ゲランも私の声を知っています。なので、『占い館』でゲランと話す時、私は声色を変えました。自分の服の襟《えり》に小型マイクを挟み、自分の出した声が、そのマイクを通して、胸ポケットに入れたボイスチェンジャーから出る仕組みにしたのです。前にも言った通り、その『占い館』の室内がかなり暗かったので、この偽装は相手にはバレませんでした。だから彼女も、まさか依頼に来た男が、ここで『ドクター』と呼ばれている私だとは夢にも思わなかったでしょう。

私はこの一週間、隙を見せず、絶対に殺されないように万全を尽くしました。だから、殺人鬼・ゲランが私を殺せるのは、この〈仮面の会合〉の時しかありません。なぜなら、彼女が予言した『一週間以内に殺す』という期限が今日までだからです。しかも、この会合は毎回、午後九時から午前零時までと決まっている。もう十時を回りました。あと二時間以内に私を殺さなければ、依頼人との約束が守れないと、ゲランは焦っていたはずです。そこへ私がこのような暴露話をしたもんだから、余計に彼女は、私を殺さないと自分が危ない、と動揺しているでしょうね」

その場にいた全員が、凍り付いてしまった。冒頭でも書いたように、彼らはお互いの素性を全く知らない。しかも全員が〈仮面〉で顔を隠しているので、お互いの表情も意思も全く分からない。しかし、〈仮面〉の奥から見える彼らの〝目〟だけは鋭く周りを警戒している様子が分かる。これほど不気味な状況があるだろうか！　皆が手に汗を握っていた。そんな時間が何分続いたか……。

突然、店内の電灯が全てパッと消え、あたりが真っ暗になった。と同時に「バンッ‼　バンッ‼」と銃声が二発響き渡った。「キャーッ‼」という女の張り裂けるような悲鳴。次いで、暗闇の中で、人と人が激しくもみ合う音が続き、テーブルに置かれたグラスや食器が床に落ちて、割れる音、さらに椅子が激しく倒れる音がした。こんどは、「ドスン‼」と人が床にたたきつけられたような大きな音がした。

「もう観念するんだ、ゲラン‼」

ドクターの力強い声が暗闇の中に響いた。彼はある人物を羽交い締めにしながら、言い放った。

「君は二階の窓が全てカーテンで覆われていることを利用し、店内を真っ暗にするため、ブレーカーに細工をしたんだな。でも、こんなこともあろうかと、私は防弾チョッキを着ていたんだ。私が顔につけている〈黄金仮面〉も、防弾効果のある鋼鉄製だったんだ。生憎だったな。君の正体は、『占い館』でゲランの声を聞いた時から分かっていた。だが、証拠がなかった。

だから、私は君を現行犯で捕まえるために罠をかけたのさ。窓にカーテンがかかっていたため、君には見えなかったかも知れないが、建物の外には警官たちが張り込んでいる。今の銃声を聞いて、彼らは間もなくここへやって来るだろう。さぁ、無駄な抵抗はやめるんだ‼」

ドクターはすかさず懐《ふところ》から懐中電灯を取り出し、自分の下で必死にもがいている人物の顔に〝光〟を当てた。そこに映し出されたのは、キラキラ光る〈銀色の仮面〉だった。ドクターはその人物から拳銃を奪い取り、さらに相手の〈仮面〉をはぎ取った。そこに現れたのは、皆が初めて見る社長秘書の女の素顔であり、『ダーク・フォーチュン』の予言者・ゲランの怒りに満ちた表情だったのだ。

Lady Prophet

黒椅子

夜の銀座に街灯が灯った。

今、あなたは多くの人々が行き交う大通りを歩いています。その途中で、横の小さな路地に入ってください。そして、しばらく進むと、左手に洒落た複合ビルが立っているでしょう。そこへ入り、地下へと続く階段を降りてください。すると、地下一階の廊下沿いに風格ある扉が見えます。その扉には、地味な字で〝Quin〟と書かれた看板がありますね。あなたは〈ここは何だろう?〉と興味を持ったはず。……そう、自分の好奇心に素直に従い、その扉を開けて中へ入ってください。

すると、室内は壁も床も赤い。ここは照明が薄暗く、ミステリアスな、と言うより、不気味な雰囲気を醸《かも》し出している空間です。そうです。ここは、銀座では、「知る人ぞ、知る」と言われる老舗のバーなのです。ただし、今日は客足が悪い。壁の一方には「道化」を描いた絵が見えます。あなたは隅のテーブル席に座ってください。

カウンター席では、先ほどから二人の男性がやけに熱心に語り合っていますね。ちょっと、彼らの話を聞いてみましょう。

倉田「ところで、君は迷信というものを信じるかい？」
柊「この一九八〇年代に、そんなものを信じる奴なんているのか？　僕は原則として信じない」
倉田「ところが、これは僕の父から聞いたことなんだが、三〇〇年前のヨーロッパに実在した、ある呪われた椅子にまつわる伝説なんだ。『その椅子に座った者は、必ず三日以内に死ぬ』という恐ろしい言い伝えがある。どうだい？　興味を持っただろう。この話を聞いてみないか？」
柊「とりあえず、話だけは聞こう」

そして、倉田はグラスの酒を一口飲むと、次のようなストーリーを語り始めた。

十七世紀のスコットランド。

ある冬の夜。雪がしんしんと降る中、一人の男が名門貴族の一家が住む立派な屋敷を訪れた。当主のアーネスト卿が玄関を開けると、外には全身黒ずくめの装束を着た五十がらみの男が立っており、その傍《かたわ》らに一脚の黒い椅子が置かれていた。

男は、「突然訪れてすみません。私は椅子職人のカークと申します。今、非常に貧しくてお金に困っております。どうか、この椅子を買ってくださらないでしょうか?」と言ってきたのだ。

アーネスト卿は不審な目で男を見た。しかし、男の横に置いてある椅子を見て、卿は思わず心を奪われてしまった。全て黒で塗り固められた肘掛け椅子だが、デザインが流麗で風格があり、とてもセンスが良い。触ってみると心地よい弾力性があり、座ればきっと身を包み込まれるような感触を味わえるのだろう。何よりも黒という色が、〝気〟を発散して、自分の心に突き刺さるようだ。アーネスト卿は、この黒い椅子に強く惹きつけられた。そして、どうしても、この椅子を手に入れたいと激しく望んだ。

椅子職人カークの提示した高い価格も、この貴族には高くはなかった。卿は金を支払い、その黒い椅子を受け取った。この時、職人カークが「ありがとうございました」と礼を言って帰る際、不気味な笑みを浮かべたのを、アーネスト卿は気づかなかった。しかし、彼の妻は奥の部屋から、しっかりと、〝それ〟を見ていた。

アーネスト卿は早速、《黒椅子》を邸宅の大広間に運ぶと、それに深々と座った。そして彼は「予想通り、いや予想以上に心地よい感触だ！」と言い、ため息を漏らした。しかし卿の妻も娘たちも、見知らぬ男が突然売りつけてきた椅子、それも当時縁起が悪い色であった《黒》の椅子ということで、皆が気味悪がり、卿がどんなに勧めても、彼女たちは決してその椅子に座ろうとはしなかった。

悲劇が起きたのは、その翌日である。早朝、アーネスト卿が乗馬に出かけた折、なぜか馬が突然激しく暴れだし、卿は馬から振り落とされてしまったのだ。運悪く、彼は首の骨を折り、絶命した。

アーネスト卿の妻は夫の死を悲しむと同時に、やはり、あの《黒椅子》が災いをもたらしたのだと確信した。なぜなら、十七世紀当時は《黒魔術》や《黒ミサ》が盛んで、《黒死病》が流行し、《黒魔女》が社会に災いをもたらすと固く信じられ、《黒猫》も不吉とされていた時代である。そこへ、得体の知れない《黒装束の男》が、あの《黒椅子》をもたらし、夫の死という悲劇が起きたからだ。黒、黒、黒……。アーネスト夫人ははっきりと思い出した。あの椅子職人の去り際の不気味な笑み！　そうだ、間違いない！　《黒椅子》に座った夫が死に、座らなかった私と娘たちは助かった。やはり、あの《黒椅子》には悪魔が取り憑いているのだ。

夫人はそう確信し、この《黒椅子》を焼き払うべきだと判断した。しかし、この《黒椅子》には何か目に見えない〝魔力〟が宿っているように感じ、もし焼き払おうものなら、大きな祟りが自分や娘たちに及んでくるのではないかと夫人は危惧した。また、恐怖を感じる一方で、この《黒椅子》からは、アーネスト卿が感じたように、人を惹きつけるような神聖さや風格も伝わってくるのだ。焼き払うには、どうしても抵抗がある。そこで夫人は迷った末、この《黒椅子》はかなり高価な品のようだし、質屋に売ってしまうのが一番だと判断した。

町の質屋の主人がアーネスト夫人からその《黒椅子》を見せられた時、こんな魅力的な椅子はかつて見たことがないと思った。そして、高名なアーネスト卿が所有していたものなら、きっと値の張る代物だと見込んだ。実際、鑑定の結果、自分の店で扱っている品々の中で、間違いなく最高値の逸品だと判明した。当然、この椅子は高額で店に買い取られた。質屋の主人はアーネスト夫人から《黒椅子》の不吉さも聞いていたが、それは考え過ぎだろうと思い、気にも留めなかった。

質屋の一番目立つ場所に飾られた《黒椅子》は、早くも四日後にジョンという画家が目を付けた。彼は若いながらも、当代きっての流行画家で、かなり儲けがあったのだ。デザインも座り心地も絶品であり、有名な貴族が所有していた品ということもあり、彼は即決で購入した。
第二の悲劇が起きたのは、その三日後である。早朝、画家・ジョンが自宅の書斎で《黒椅子》に座ったままの状態で死んでいるのを発見したのは彼の妻であった。心臓発作によるものだが、彼はまだ二十五歳の若さだった。ちなみに、妻の証言によると、夫が《黒椅子》を購入してから三日間、その椅子はずっと夫の書斎に置かれたままであり、その間、妻は一度も《黒椅子》には座らなかったという。またしても、《黒椅子》に座った画家が死に、座らなかった妻が助かったのだ。いずれにしても、あんなに元気だった青年画家が突然、心臓発作で死んだことに、周囲の人々は驚きを隠せなかった。

アーネスト卿も画家・ジョンも有名人であったため、二人の死はすぐに新聞に載ったが、この時に不吉なものを感じたのは、あの質屋の主人である。彼がアーネスト夫人から《黒椅子》を買い取った時、怪しげな黒服の男が黒い椅子を売りつけた経緯や、その椅子に座った夫だけが翌日に落馬して死んだ事件を聞いていたが、その時は軽視していたのだ。しかし、その《黒椅子》を自分の店から買い取った画家のジョンが、やはり三日後に、まだ二十五歳の若さで死んだのだ。二人とも《黒椅子》に座って、三日以内に死んでいる！　何よりも、当時人々を恐れさせていた《黒》という色が質屋の主人を震え上がらせた。彼は得体の知れない恐怖を感じた。そして、アーネスト夫人の言葉がまざまざと思い出されたのである。『黒い椅子を売りに来た黒装束の男が、帰り際に不気味な笑みを浮かべていた』と彼女は確かに言っていたではないか！

質屋はその事実を新聞社に伝え、《黒魔女》や《黒猫》に続き、新たに《黒椅子》という邪悪なものが現れたことを告げた。そして悪霊は、人間や動物だけでなく、「物」にも取り憑く可能性があることを指摘し、この事実を民衆に知らせるべきだと主張した。

すると、新聞記者もこれを重く受け止め、翌日の紙面には、早くも次のような見出しが載った。

【深夜、黒装束の悪魔がもたらした謎の《黒椅子》。その椅子に座った者が次々と死ぬ】

現在、その《黒椅子》は、まだ死亡した画家・ジョンの家に置かれている。質屋の主人は非常な危険を感じた。そして、彼はジョンの家を訪れ、彼の妻に事情を話した。幸い彼女は、夫が死んでいた椅子ということで気味悪がり、まだ《黒椅子》には一度も座っていないという。質屋は、今後もあの椅子には絶対に座ってはいけないと彼女に伝え、そして、一刻も早く《黒椅子》を手放すよう、激しく訴えた。質屋は、かつて魔女裁判の折、《黒魔女》が処刑された場所で《黒椅子》を焼き払うべきだと主張した。すると、ジョンの妻も非常な恐怖を感じ、それに賛成した。

そして、質屋とジョンの妻が二人で《黒椅子》を家から外へ運び出そうとしている時、突然、見知らぬ男が近づいて来た。彼は口髭を生やし、いかにも好色そうな顔をした五十がらみの男だ。その男は目を輝かせながら、「それが噂の《黒椅子》ですね。どちらへ運ぶんです?」と訊いてきた。男は新聞で《黒椅子》の噂を知ったようだ。

質屋の主人が「この椅子は不吉だから焼き払うんです。あなたは?」と訊くと、男は「私は劇団で団長をしている者ですが、この椅子を高額で譲ってくださらないか? 今度上演する芝居に是非、この《黒椅子》を使いたいんです」と言ってきたのだ。

質屋は呆れた顔で男を見たが、劇団の団長が提示した金額があまりにも高かったので、ジョンの妻と相談し、《黒椅子》をこの男に売ってしまうことにした。悪霊が取り憑いた《黒椅子》は葬り去るべきだという正義感があった質屋も、大金には目が眩《くら》んだのである。ジョンの妻も、夫が死んで以来、収入に困っていたので、これを受け入れるしかなかった。結局、二人とも、自分さえ助かれば、他人が《黒椅子》の呪いで死んでも致し方がないと判断したのだ。

劇団の団長が大金をはたいてまでも、《黒椅子》を欲しがったのには理由があった。今度、彼の劇団で上演する『死を招く椅子』と題した舞台は、その名の通り、呪われた椅子に座った者が祟りで死ぬというストーリーだが、その芝居に今世間で騒がれている本物の《黒椅子》を使えば、効果てき面であり、客が殺到するだろうと見込んだのだ。もちろん、団長は迷信など信じていない。劇団員たちの中にも迷信を怖がる者はなく、アンジェラという若い女優がその《黒椅子》に座る役を団長から命じられた時も、喜んで引き受けたという。

しかし、悲劇は止まらなかった。芝居は五日間興行する予定で、最初の二日間は何事もなく進行した。しかし、二日目の上演が終わり、その日の深夜にアンジェラが一人で舞台に上がり、今日の芝居の反省点を考えていた時である。突然、重量のある大きな舞台セットが彼女のもとに倒れてきた。女優は悲鳴を上げたが、避ける暇もなく、その重い舞台セットの下敷きになってしまった。即死である。とうとう女優・アンジェラも初日の舞台で《黒椅子》に座り、二日目に死んだ。そして、この時、彼女がお腹に子供を身籠もっていたことが、のちになって分かった。ちなみに、この芝居においても、《黒椅子》に座る役を演じたのはアンジェラだけであり、団長や、他の俳優たちは本番もリハーサルも含め、《黒椅子》には一度も座らなかったという。今回もやはり、《黒椅子》に座った者が死に、座らなかった者が助かったのだ。

新聞も早速、この事件をこう書き立てた。

【三人目の生《い》け贄《にえ》は名女優。もはや間違いない。《黒椅子》には悪霊が取り憑いている。この椅子には絶対に座ってはならない！　悪魔の高笑いが聞こえる‼】

こうなると、さすがに団長も劇団員たちも超常的な力の存在を認めざるを得なくなり、芝居の上演は中止となった。《黒椅子》に座った三人の人間が、いや、女優のお腹にいた子供を含めれば、四人もの命が奪われたのである。これが呪いでなくて何であろう？

それにしても、最初にアーネスト卿に《黒椅子》をもたらした黒装束の男とは一体何者だったのか？　彼はどこから来たのか？　そして、今どこにいるのか？　彼は今頃、どこかで我々を嘲笑しているのだろうか？　謎の椅子職人が生み出した《黒椅子》は、これからも人々を呪い殺すのだろうか？

民衆の恐怖は、ついに頂点に達した。時の君主も、魔女裁判で《黒魔女》を処刑したように、一刻も早く《黒椅子》を焼き払うと宣言した。しかし、この事実を知ったサタン崇拝者たちが《黒椅子》の魔力に畏敬《いけい》の念を感じ、自分たちの《守り神》にすると狂信的に唱えだしたのだ。当時、サタン勢力は凄まじく、国家権力よりも早く、強引に《黒椅子》を奪ってしまった。そのため、人々はこの呪いの椅子の行方が分からなくなってしまったのだ。恐らく、サタン崇拝者たちは、《黒椅子》を自分たちの秘密の空間に隠し、絶対に手放さなかったのだろう。一説では、その後、《黒椅子》は長年にわたり、《黒ミサ》の儀式に使われ続けたとも言われている。

その後、時代が移り変わり、《黒椅子》は呪術師や宗教家など、人から人へと渡り歩いたが、十九世紀初頭には国家権力の元に辿り着き、スコットランドの国立博物館が保管・展示することとなった。そして保管にあたっては、絶対に人に座らせないよう厳重に管理されていたのは言うまでもない。以来、《黒椅子》は一五〇年以上もの間、スコットランドの博物館で人々から畏怖の眼差しで見つめられ続けている。

そして、【呪われた《黒椅子》に座った者は、必ず三日以内に死ぬ】という伝説は、現在にまで語り継がれている。


そこまで話した倉田は、またグラスの酒を飲み、最後にこう付け加えた。

「昨年、スコットランドで、その《黒椅子》が何とオークションにかけられ、それを破格の高値で落札した物好きな男というのが神学大学教授である僕の父なんだ。父は誰よりも深く迷信を信じ、畏敬の念さえ感じている。父は西洋の古典作家の有名な初版本も数多く所蔵しているが、その中には十六世紀から十七世紀にかけてヨーロッパで行われた《黒魔術》や《魔女狩り》に関するオカルト的な書物も多い。だから、それと同時代に人々を恐れさせた《黒椅子》の呪いにも多大な関心を持っていたんだ。父はその現物を手に入れるためなら、大金は惜しくはなかった。

父は落札した《黒椅子》を日本に持ち帰ると、それを自分の別荘まで運んだ。当然ながら、父はその《黒椅子》には絶対に座ろうとしない。屋敷内の奥まった特別室に飾り、あくまで宝物として、神のように崇めているんだ。もちろん、家族の者にも、その椅子には決して座らせない。僕も父の別荘で、《黒椅子》の現物を見たが、すごい威圧感だったよ。あまりにも怖くて、座るどころか、触ることさえできなかった」

それまで倉田の話をじっと聞いていた柊が、しばらくしてから、こう訊いてきた。

「ところで、《黒椅子》に座った人間が次々と死んでいったという話だが、その出どころは確かなのか?」

「もちろん確かだ。一六四八年にスコットランドで発行された地方紙が現在でも国立資料館に保存されているが、その紙面には、確かに今語ったような史実が書かれているのを父が現地で確認した」

「だとすれば、この一連の話は《黒椅子》の仲介をした質屋の主人の証言に基づいていると思う。この事件を最初に新聞社に伝えたのは彼だからだ。この質屋はアーネスト夫人から《黒椅子》を買い取った際、怪しげな黒装束の職人が《黒椅子》を売りに来たことや、その《黒椅子》に座ったアーネスト卿だけが翌日に落馬して死に、座らなかった妻や娘たちが助かったことを聞いた」

「そうだね」

「そして質屋は、その《黒椅子》をジョンという画家に売るが、そのジョンも三日後に心臓発作で死んだことを新聞で知る。この時も、やはり《黒椅子》に座った夫が死に、座らなかった妻が助かったという報告がある。質屋の主人は、自分が《黒椅子》を買ったり、売ったりした際に関わった人間が相次いで死んだことを知った。そして、『椅子に座った者が死に、座らなかった者が助かる』という共通性を見出したため、彼は勝手に超常的なものを感じただけさ。十七世紀のヨーロッパでは、《黒魔術》、《黒ミサ》、《黒魔女》、《黒猫》、《黒死病》など、黒という色は悪の象徴だった。そこへ黒い椅子が来たもんだから、余計に質屋は悪魔的なものを感じてしまったんだ。そして、その事実を新聞社に伝えたため、当時の時代背景もあり、新聞記者たちも不吉さを感じ、それを記事にした。その結果、《黒椅子》の呪いの噂が国中に広まり、民衆は恐怖のどん底に落ちて行ったというわけだ」

そこまで話した柊は、グラスの酒をゆっくり飲んだあと、話を続けた。

「まず事実を冷静に確認すると、椅子職人・カークがアーネスト卿の屋敷を訪れ、《黒椅子》を売りに来た夜というのは、『雪がしんしんと降っていた』ということだったね。つまり、アーネスト卿が翌日に乗馬に出かけた時は、道にはまだ雪が多く積もっていたか、あるいは路面が氷で凍っていたか、いずれにしても、足場が悪かったと思われる。だから、乗馬の際、馬が足を滑らせ、転倒し、乗っていたアーネスト卿は馬から振り落とされてしまったと考えれば、別に不審な点はない。その際、首の骨を折れば、絶命する可能性もある。雪が降った翌日に乗馬に出かけるというのも愚かだだが、要するに、足場が悪い日に乗馬に出かけたアーネスト卿は事故で死に、乗馬に出かけなかった妻や娘たちは助かった。ただ、それだけのことだ。《黒椅子》の呪いなど、一切関係ない」

それを聞いた倉田は、こう主張した。

「しかし、第二の死者が出ている。それに、画家のジョンが死んだのは室内だ。しかも、今まで元気だった若者が《黒椅子》に座って、わずか三日後に死んだというのは不気味だ。この時もやはり、《黒椅子》に座らなかった妻は助かっている」

「ジョンの死因に関しては、『心臓発作』という検死結果が出ている以上、医学的に不審な点はない。恐らく、この青年画家は元々心臓が弱く、普段から薬を常用し、通院していたと思う。こういう伝説が語り継がれる時、えてして『彼が病弱だった』という事実は隠され、あたかも

『健康だった人間が突然死んだ』というふうに脚色され、オカルト的に伝わるものなんだ。ジョンが本当に健康だったのか、それとも持病を持っていたのかは、三〇〇年も前のことなので、確かめようがない。彼の妻が死ななかったのは、単に健康だったからだろう。《黒椅子》の有無とは一切関係ない。先ほどのアーネスト卿の事故死における『馬が突然激しく暴れ出した』という話も、誰の証言なのか知らないが、いかにも劇的に盛り上げようとしている。まして三〇〇年もの長い時間が経過すれば、話に『尾ひれ』が付くことは珍しくない。そもそも、アーネスト卿と画家・ジョンとの間には何の接点もない。赤の他人が別々の場所で死んだだけだ。共通点といえば、二人とも同じ椅子に座ったというぐらいだ。『椅子に座った者が死に、座らなかった者が助かる』という法則も、いかにも迷信深い当時の人々が好みそうな話だ。しかし、法則と呼ぶには、あまりにもデータが少なすぎる。二度の偶然なら、我々の日常生活にいくらでもある」

「しかし、三度の偶然はない」

「確かに。三人目のアンジェラという女優の死は、《黒椅子》の迷信を利用した殺人さ。あの劇団の団長が怪しい」

「何だって‼」

「最初に死んだ二人は事故死と病死だが、三人目の女優の死には人為的なものを感じるんだ。

考えてみろよ。ちょうど人がいる時を見計らって、大きな舞台セットがそこに倒れてくるなんて、話がうますぎると思わないか？　それに、《黒椅子》を強引に購入したのは、ほかならぬ団長だ。その女優に、《黒椅子》に座る役を命じたのも団長だ。団長は、人々が《黒椅子》の呪いに恐怖を感じていることに目をつけ、それを自分の殺人計画に利用しようと考えたんだろう。さっきも言ったが、十七世紀のヨーロッパでは実際に《魔女狩り》が行われるなど、迷信や魔力というものを本気で信じている人が多かった。国家権力でさえ、信じていたんだ。《魔女裁判》が行われたぐらいだからね。そんな時代に、不吉な《黒椅子》に座った女優が、前の二人と同じく三日以内で死んだとなれば、誰もが《黒椅子》の呪いだと確信するだろう。今だったら通用しないが、十七世紀だったら完全犯罪だ。尚、犯人の団長は《黒椅子》の呪いを強調するため、ここでも『椅子に座った者が死に、座らなかった者が助かる』という法則を示す必要があった。だから、何らかの理由をつけて、団長自身はもちろん、他の劇団員たちにも、絶対に《黒椅子》に座らせないように工作したはずだ。そして、アンジェラだけが《黒椅子》に座る状態を意図的に作り上げたと思われる」

「うーん……、殺人か。で、団長が女優を殺したとなると、その動機は何だろう？」

「その団長は若手女優のアンジェラと不倫関係にあった。彼女のお腹の子供は、団長の子だろう。アンジェラは団長に結婚を迫ってきた。彼は妻にバレるとまずいと思い、女を始末した。

そんなところだろう。いずれにしても、《黒椅子》に座った三人の人間が全員死んだという事実は論理的に説明がつくのだ。実際、この三つの死亡事件のあと、《黒椅子》に座った人間が死んだという報告はない」

「では、最初にアーネスト卿に《黒椅子》を売りに来た職人が、帰り際に不気味な笑みを浮かべた、というのは？」

「そりゃあ、自分が作った椅子が高額で売れたんだから、うす笑いぐらい浮かべるだろう。ついでに言うと、その職人が椅子を売る時に『貧しくて、お金に困っている』と言ったのも信用できない。質屋の主人が鑑定したら、その椅子は相当な高級品だったようだし。そんな椅子を作れる人は、かなりの成功者だと思う。『貧しい』と言って同情を誘えば、高く買ってくれると思ったんだろう。ならば、『うす笑い』も納得できる」

「黒い椅子を売りに来た男が、全身黒ずくめの装束を着ていたというのには、何か悪魔的なものを感じるんだが」

「それも、話として出来すぎている。実際に椅子職人と対面したアーネスト卿は死んでいるし、その《黒装束》という話は卿の夫人が質屋の主人に語ったことから世に広まったわけだが、職人カークが椅子を売りに来た時、夫人は奥の部屋から覗いていただけだ。言っておくが、十七世紀にはまだ電気照明はなく、家の室内は燭台のロウソクの火やオイルランプで灯されていた。

つまり、今よりも部屋の中がずっと薄暗かったんだ。だから、今のように、夜でも玄関の外にいる人間が室内の照明で明るく照らし出されることはなかった。その夜、夫人が奥の部屋から玄関の外に立っている職人カークを見た時も、話し声ぐらいは聞こえたと思うが、暗い光景だったはずだ。暗がりの中にいる男を見たので、黒装束を着ているように見えただけ。あるいは、得体の知れない男がもたらした《黒椅子》の祟りによって、自分の夫が死んだと思い込んでしまった夫人は、無意識のうちに頭の中に《黒装束の悪魔》を作り上げていただけなのかも知れない。いずれにしても、その時に椅子職人が着ていた服の色なんて、確かめようがない。実際には、黒かったのは椅子だけだったかも知れないんだ。今、現物が残っているのは椅子だけだしね。その椅子にしたって、色が黒というだけで皆が恐れているが、《黒魔術》うんぬんということを度外視すれば、黒い椅子なんて珍しくも何ともない」

「要するに君は、ただの職人が、ただの椅子を売りに来ただけだと言うのか？　《黒椅子》には何の魔力もなかったと言いたいのか⁉」

「それだけじゃない。当時固く信じられていた《黒魔術》も《黒ミサ》も、人間を《黒魔女》だと判定し、何万人もの女性を処刑した《魔女裁判》も、《黒猫》は不吉だとして多くの黒い猫を焼き殺した事実も、《黒死病》が流行したのは《黒魔女》の呪いだという説も、すべては迷信に惑わされた人間たちによる愚の骨頂だ。僕が最初に『迷信は原則として信じない』と言ったのは、物事を思い込みで判断するのは危険だからだ。君は迷信を信じている。そして、信じたがっている。しかし、何の根拠もなく迷信を信じてしまった結果、恐ろしい悲劇が起きてしまったという過去の歴史の過ちを、我々は体ごと受け止めなければならない。悪いのは《魔女》でも《悪魔》でも《黒椅子》でもなかった。人間が一番悪かったんだ」

「うーん……、《黒椅子》はただの椅子、か。それじゃあスコットランドの博物館は、ただの椅子を一五〇年以上も、《悪魔の椅子》として展示し続けていたというのか」

「しかも、絶対に人に座らせないように厳重に管理されていた。ご苦労なこった」

「じゃあ、その《黒椅子》を高額で落札した僕の父は……」

「君のお父さんには、さっきの《黒椅子事件》の僕の説は言わないほうがいい。魔力的なものを所有することによって、幸せを感じる人もいる。その人の幸せを奪う権利は僕にはない。それに、さっきは恐ろしいことを言っちゃったけど、君のお父さんには前にも会ったことがあるが、本当にいい人だ。オカルトの歴史の詳しさには頭が下がる。今にきっと、凄い発見をすると思う。ところで、さっきの君の話を聞くと、その《黒椅子》というのは、ずいぶん座り心地が良さそうじゃないか。身を包み込まれるような感触を得られるんだって？　僕も一度、その《黒椅子》に座ってみたいなぁ……。今度お父さんがいない時に、その椅子に座らせてくれよ」

「…………」

「だいたい、椅子っていうのは座るためにあるんだろう？　飾っているだけじゃ、もったいないぜ」

「ところが、それができなくなった。この話には、まだ続きがあるんだ。先週、父の別荘で、何とその《黒椅子》が何者かに盗まれてしまったんだ」

「ほう…。それは興味深いね」

「あれだけ戸締まりを厳重にしていたにもかかわらず、まんまと《黒椅子》を盗んでしまった犯人像について、警察は『プロの窃盗団の仕業だろう』と言っている。しかし、この事件はそんな単純なものじゃないと思う。これは僕の想像だが、犯人は単なる物取りではない。《黒椅子》の呪いを信じている呪術師か宗教家の仕業ではないかと思っている。この犯人は、盗んだ《黒椅子》をいったい何の目的に使うつもりなのか……。それを考えると、実に不気味だよ」

「そこまで深く考えることはない。犯人は単なる物取りだ。泥棒が君のお父さんの別荘に侵入した。すると、おあつらえ向きに高級そうな椅子があった。だから、それを盗んだ。ただ、それだけのことだよ。あとは警察に任せればいい。ところで、君の言う『迷信』というのは、その程度の話かい？　でも、なかなか面白かった。それじゃ、僕は約束があるから、これで失敬するよ」

柊はそう言って、バーを出て行った。

一人残された倉田は目を閉じ、かつて父の別荘で実際に見た伝説の《黒椅子》の実物の姿を思い浮かべた。

（……あの神々しい黒い肘掛け椅子には、確かに不気味なオーラが漂っていた。それは間違いない。あの《黒椅子》は一体どこへ消えてしまったんだ……？　十七世紀に起きた三人の死亡事件の真相は、本当に柊の推理通りだったのか……）

その時、倉田はある事実に気づき、ハッとして目を開けた。そして、自分の思っている事を、思わず声に出して言ってしまった。

「確かに、柊の推理は筋が通っている。しかし、たとえ、そうだったとしても、《黒椅子》に座った人間が全員死んだ、という事実に変わりはないではないか！　その後、死者が全く出ていないのは、誰も《黒椅子》に座っていないからだ！」

倉田はふと横を見た。店内の壁には「道化」を描いた絵が飾られている。まるで、その道化が自分をあざ笑っているように見えた。その目が異様に不吉に見える。彼はブルッと身震いをすると、グラスに残っていた最後の酒を飲みほし、この男も店の外へ消えて行った。

あなたは二人の話に聞き入ってしまった。まさか、このバーであんな不思議な話を聞くとは思わなかったでしょう。気がつくと、店内にいる客は、あなた一人だけになっていた。先ほどまでカウンター付近にいたマスターも、今は奥へ引っ込んでいる。心なしか、店内の照明が最初入って来た時よりも、一段と暗くなったように見える。今、聞いた物語は夢か？　現実か？　あなたは、だんだん判断がつかなくなってしまった……

その場がシーンとなった。

その時、あなたはようやく、ある事実に気づきました。そうです。今、自分が座っている椅子の色が《黒》だということに………

王妃の涙

それは私にとって、実に不思議な時間と空間であった。

ある夏の夜。

ここは東北の山岳に近い淋しい地帯。舗装道路は通っているが、周辺には自然が多く、民家は一軒もない。

私は歩道をバス停に向かって急いでいた。雑誌記者として、昭和五十八年に発生した殺人事件の調査のため、数日前からこの地に滞在していたが、ようやく仕事を終え、東京へ帰るところだ。泊まっていた宿を出発したのは午前中だが、午後はずっと現場で取材と調査をしており、こんな遅い時間になってしまった。腕時計を見ると、時刻は午後十一時九分。最終のバスでN※※※駅に行き、そこから夜行列車で東京に戻る予定。この人里離れた場所では、タクシーも呼べないし、バスは三時間に一本しか来ない。幸い、旅館でもらった「バス時刻表」を見ると、何とか最終バスには間に合いそうだ。

しばらく歩き、ようやくバス停に着くと、また腕時計を見る。むしろバス到着まで、かなり時間が空いてしまった。こうなると、周辺には何もないし、退屈な時間をどう埋め合わせるか……。

このバス停には照明もなく、淋しい。ベンチがないため、私は立ったままタバコを吹かした。そこはかなりの山奥であり、周辺には街灯もなく、あたりは不気味なほど暗い。さらに時刻が遅いため、周囲には人影も全く見えない。それどころか、目の前の道路には車すら一台も走っていないのだ。こんな時間に、この道路を走る車は、いずれやって来る最終バスぐらいだろう。さらに悪いことに、霧が立ち込めてきたので、視界が悪くなり、余計に不安になる。

私は煙を吐きながら、夜空を見上げた。都心と違って、星がよく見える。東京にいる時は、仕事の忙しさと、町の騒音に囲まれた生活のため、こうやって夜空を感慨深く見上げることは、ほとんどなかったなぁ……。それを思うと、たまには違う環境に接するのも良いものだ、と感じた。

そんなことを考えていると、突然すぐ横から「あのう、火を貸して頂けませんか?」という声が聞こえ、私はドキッとした。いつの間にか、誰かがそばに近づいていたのだ。霧が深い上に、足音が聞こえなかったので、私はその人物に全く気がつかなかったのだ。暗いので、顔ははっきり確認できないが、とても美しい声であり、若い女のようだ。黒いワンピースを着ているようで、この暗闇の中に溶け込んでしまいそう。ただし、女が口元にタバコをくわえたのが、暗がりの中でも何とか確認できた。

私は「いいですよ」と言って、ライターの火を点け、それを女の口元に近づけた。すると、女は両手で私の手をそっと摑み、火をさらに自分の顔のほうに近づけ、うまくタバコに火を点けることができた。その時のライターの〝火〟で、女の顔がおぼろげに浮かび上がったのだが、それはとても妖しげな美女だった。こんな奥地の、こんな遅い時間に、こんな美しい女がたった一人でいることに、私は不気味さを感じたほどだ。ライターの火によって、女の着ている服の胸元が広く開いていることにも気がついた。

女は「フー」とタバコの煙を吐くと、「ありがとうございます」と言い、ニコッと笑った。

その女は私に話しかけてきた。

「N※※※駅へ行かれるんですね」

「ええ、そこから夜行列車で東京まで戻ります。数日前から、仕事でここに来ていたんです」

「お仕事は何をされているんですか?」

「雑誌記者です。私が担当しているのは、犯罪事件です。今日も、ある事件の取材をしていました」

こちらが自分の素性を明かしたのに、女は自分のことは語らず、代わりにこんなことを言ってきた。

「雑誌記者の方って、尊敬しますわ。犯罪事件が起きた時は、警察よりも先に真相を暴いたり、犯人を特定することもありますわね」

「確かに、警察を出し抜くのは快感ですね。場合によっては、その警察の不正を暴くことだってありますよ。しかし、私は本能的に謎を追究したり、解明するのが好きなんです。だから、この仕事は天職だと思っています」

私は自分の職業や、仕事の生き甲斐を、全く違う世界の人間に話すことが好きだ。まして、会ったばかりの、見ず知らずの若い女にそれを聞かせることに、私は不思議な喜びを感じていた。元来、私は見知らぬ人間というのが好きだ。素性が分からないということは、怖さもあるが、それだけにスリルもあるからだ。しかし、それは私が男だから言えることだろう。女の立場ならどうか？　周囲に誰もいない暗闇で、若い女がたった一人で見知らぬ男に近づき、タバコの火を貸してもらうなんて、ちょっと勇気が要るはずだ。まして、何の躊躇もなく、その男に普通に話しかけるとは、随分度胸のある女だな、と私は感心した。と同時に、この女にちょっと興味が湧いてきた。

女も私の話に興味を持ったらしく、こんな質問をしてきた。

「なるほど、犯罪事件の取材をされてるんですね。では、三年前に東京の目黒で起きた老資産家殺人事件のことを覚えていらして？」

私は記憶をたぐった。三年前？　目黒？　老資産家？　そして、しばらく考えた末に、やっと思い出した。

「あぁ、日本でも有数の大資産家の老人が、自宅内でたった一人で殺されているのが発見された事件ですね。その際、彼が所有していた高価な美術品も盗まれたと記憶しています。それはとても印象的な名前でした。ええと、確か……」

女は煙をゆっくりと吐いて、静かに言い放った。

「《王妃の涙》です」

「あっ、そうそう、そんな名前でしたね。なんでも歴史的な由来のある貴重な宝石だとか」

「古代エジプトの時代。ある王妃が夫に死に別れ、深い悲しみに暮れました。その時に彼女が流した涙が、そのままエメラルドに豹変したという伝説があり、そこから名付けられたのです。王妃はそのエメラルドを神からの贈り物だと信じ、大切に身に着けていました。しかし、彼女は不慮の事故のため、まだ二十代の若さでこの世を去ってしまったのです。いつしか、その宝石は《王妃の涙》と呼ばれるようになりました。その後も、《王妃の涙》は、その王妃の子孫に受け継がれました。

するとと、代々そのエメラルドを身に着けた王族の女性たちが、それぞれ原因不明の病、不可解な事故、民衆による襲撃などにより、皆が若くして命を落としてしまったのです。以来、その《王妃の涙》は呪われた宝石と呼ばれ、人々から恐れられました。

その後、時代が大きく移り変わると、《王妃の涙》はエジプトの国立博物館が所有・展示することになったのです。伝説はともかく、そのエメラルドは宝石そのものとしても価値が非常に高い上に、実際に王家の一族の間で受け継がれたことは確かなので、付加価値もあり、国宝級の美術品として扱われたわけです」

周辺には我々二人以外は誰もいない。霧がさらに深くなっていった。

私は女の話を聞いている間、記憶がだんだん蘇ってきたので、その話を受け継いだ。

「その伝説も、新聞で読んだ記憶があります。そして四年前にヨーロッパで、その《王妃の涙》が競売にかけられた。それを十数億円の高値で落札したのが、この事件の被害者となった、日本の大資産家だったわけですね」

「そうです。彼の名は柳田宗一郎。事件当時は七十九歳。多くの事業を経営し、日本、いや、世界でも有数の大資産家の一人でしたわ。彼も《王妃の涙》を手に入れたために、不幸な死を迎えたのです」

女の声が不気味に聞こえた。

しかし、私はその種の伝説や迷信は一切信じない。むしろ、殺人事件そのものに興味があったので、現実的な話題に戻した。

「資産家・柳田宗一郎氏が自宅で、背中にナイフを刺された状態で死んでいるところを発見された。その際、かの有名な《王妃の涙》も盗まれていたため、他殺だと断定された。この事件は、当時は大ニュースになりましたね。ウチの雑誌でも、総力取材をしましたし、私も記事に携わった一人でした。でも、もう三年も前のことなので、私はほとんど忘れかけていましたよ。この事件は、まだ解決していないはずです」

「世間の人々も、記憶が薄らいでいるでしょうね」

私は、もう一度あの事件のことをじっくり思い出しながら、続けた。

「警察の発表によると、柳田宗一郎氏は事件当時、屋敷内に一人で住んでいた。彼はそれ以前に結婚はしていましたが、妻が六年前に他界、三人の息子たちはそれぞれ独立し、別の住居に住んでいた。通いの家政婦がいましたが、午前八時から午後五時まで仕事をしたあとは帰ってしまう。犯行時刻と断定された午後九時半前後には、この老資産家は屋敷内でたった一人だったと推測されました。

そして、翌朝、家政婦が事件を発見した。彼女の証言は確か、こうでした。『まず家の正面玄関の呼び鈴を押すと、既にそのドアの鍵が開いているのを見て、不審に思いました。そして、私が家の中に入ると、一階の柳田氏の寝室のドアが開いたままになっており、中ではご主人が背中にナイフを刺され、うつ伏せの状態で倒れていました。私は仰天してしまい、すぐに警察に通報しました』」

　すると、女も私の話を補足した。

「そうです。その家政婦は家の鍵を持たされておらず、普段は正面玄関の呼び鈴を鳴らし、柳田氏が内側からドアを開け、彼女を家に入れることになっていたそうです。彼女は死体発見時、正面玄関以外のドアは全て内側から施錠され、窓も全て内側からロックされ、異常がなかったと証言しています。もちろん、裏門の鍵も掛けられていた。その結果、犯人は鍵が開いていた正面玄関から侵入したと、警察は判断しました。しかし、その正面玄関のドアの鍵も外部から無理にこじ開けられた形跡はなかったのです」

　私も、当時の不可解な印象を思い出しながら、女の話を引き継いだ。

「つまり柳田老人が自分で正面玄関の鍵を開け、犯人を招き入れたと考えるほかないわけですね。さらに家政婦の証言から、柳田氏は《王妃の涙》をいつも寝室の金庫の中に入れていたこと、そして金庫の暗証番号を知っていたのは柳田氏だけであったことが確認されました。そして、柳田氏の死体が寝室で発見された時、その金庫が開けられているのと、《王妃の涙》がなくなっているのが発見されました。しかも、その金庫も無理にこじ開けられた形跡がなかったため、柳田氏が自分で金庫を開け、《王妃の涙》を取り出したと考えられたわけです。その状況から判断すると、柳田氏が顔見知りの人間を自分で家に招き入れ、その人物に何の警戒心もなく、金庫に保管していた《王妃の涙》を出して見せた。その時に、柳田氏はその人物に殺され、《王妃の涙》もその人物によって盗まれた、と考えられます。当然、警察もそう断定した。しかし、顔見知りの人間とは言っても、犯人は柳田氏の三人の息子たちでもなく、家政婦でもないことが簡単に分かってしまった」

「そうです。死亡推定時刻に、防犯カメラに犯人の顔がはっきり映っていたからです」

我々の周囲に、さらに霧が立ち込めてきた。私は不安を感じたが、女はそんなことには構わず、話を続ける。

「犯行当時、柳田宗一郎氏の家の正面玄関の斜め上に設置された防犯カメラによって、ある一人の人物が午後九時二十八分に玄関から家に入り、午後九時四十六分に玄関から出て行ったことが確認されました。もちろん、翌朝になって、家政婦が第一発見者を装って柳田氏を殺したという可能性も排除できませんが、死亡推定時刻はその前日の午後八時から午後十時頃だと確認されたため、その説は却下されました。さらに、死体発見の前日の午後五時ちょっと過ぎに、生きている柳田氏が正面玄関前で家政婦を見送っている後ろ姿が防犯カメラにはっきり映っており、屋敷を去って行く家政婦の姿も確認できます。つまり、その時は柳田氏はまだ生きていた。そして翌朝になるまで、家政婦は防犯カメラに一度も映っていない。その結果、家政婦は完全にシロということになりました」

私はタバコの煙を吐くと、その話を受け継いだ。

「死亡推定時刻に防犯カメラに映っていた『たった一人の人物』について、家政婦も、柳田氏の三人の息子も『見たことがない人』と証言していることから、警察はその人物を、最も疑わしい人物と断定し、その不審者の行方を捜しました。ちなみに、柳田氏の三人の息子たち、さらに彼らの家族たちも、防犯カメラには映っておらず、しかも、かなり離れた場所に住んでおり、犯行時刻に完璧なアリバイがあったため、容疑から外れた。やはり、死体発見の前日の夜九時二十八分に正面玄関の防犯カメラに映っていた人物が最も疑わしい」

今、私と女は、二人とも前方の同じ方向を見つめている。そこは暗い無人の道路であり、〝気配〟というものがまるでない、殺風景な世界だ。

女はタバコを吸いながら、記憶をたぐるように、夜空を見上げて話を続けた。

「その防犯カメラに映っていた人物は、意外にも若い女性でした。警察は柳田氏の愛人ではないかと推定したようです。事件の数ヶ月前から、柳田氏の銀行口座から徐々に多額のお金が引き出されていたことから、柳田氏が愛人に貢いでいたと推測されました。事件の日、柳田氏は、家政婦が帰ってしまった夜九時ごろに、愛人の女に屋敷に来るように伝えていたのではないかと思われました」

女の話を聞いているうち、さらに事件の記憶が蘇ってきたので、私もどんどん話した。

「女は柳田氏の家の正面玄関前に来た。そして呼び鈴を押したあと、彼女が斜め上に設置された防犯カメラのほうをちょうど見上げていたために、その顔がまともにカメラに映ってしまったんですね。女も防犯カメラのことは考慮に入れていなかったのでしょう。迂闊ですね。しばらくすると、柳田氏が内側から正面玄関の鍵を開けてくれたようで、女が自分でドアを開けて、屋敷内に入って行く映像も撮られています。ちなみに、その約十八分後に玄関から出て行った人物の後ろ姿もカメラに撮影されており、顔は映っていないものの、服装や体形から、最初に入って来た女と同一人物だと思われます。しかも、かなり慌てて逃げて行く様子だったので、この人物が犯人であることに疑いの余地はありません」

女も頷きながら言った。

「その女は柳田氏の愛人であったため、家に入ったあと、二人でしばらく過ごしている時、柳田氏に『《王妃の涙》が見たい』と言って甘えたんでしょうね。そして、柳田氏が金庫から《王妃の涙》を取り出したところを、女は一瞬の隙を見て、彼の背中にナイフを刺した。相手は七十九歳の高齢ですし、女であっても造作ないことだった。多くの人が事件の状況を、そう推測しました」

彼女の話を聞いている間、私は事件当時、自分一人で真相をいろいろと熟考したことを思い出してしまった。しかし、今こうして、声に出して、他人と事件について語り合うのは、違った感触がある。元々、推理小説好きだった私は、良き話し相手が出来たことに喜びを感じながら、さらに続けた。

「女の顔がはっきり分かっているわけですが、家政婦に訊いても、柳田氏の三人の息子たちに訊いても、柳田氏は妻に先立たれて以来、精神的にふさぎ込んでしまい、親しい恋人がいたとは考えられない、と言うのです。もちろん、柳田氏は秘かに若い女と逢い引きしていた可能性もあり、周囲の人間が気づかなかったのかも知れませんが……。すると、柳田氏の手帳に書かれた、ある人物の電話番号から、一人の若い女が浮かび上がりました。その女は黒木という名前で、二十五歳。警察が彼女に事情を訊くため、会ってみると、やはり、その顔は防犯カメラに映っていたのと全く同じ顔でした。しかし、彼女は犯行を否認しました。その供述によると、柳田氏に仕えている家政婦が近々辞めるため、新しい家政婦を募集するという広告を見たので、女は『面接に行くために、その日の午後九時半頃に柳田氏の屋敷を訪れただけだ』というのです。彼女は、事前に柳田氏から『正面玄関の呼び鈴を押しても、誰も出ない場合は、玄関の鍵は開いているから、自分で中に入り、一階の応接室で待っているように』と指示されていたと証言しました。そして、呼び鈴を押しても、誰も出ないので、言われた通り、彼女は自分で玄関のドアを開け、家に入り、応接室に入った。しかし、いつまで待っても、柳田氏が現れないので、家の中をあちこち探していると、寝室内で老人がナイフで刺されている死体を発見し、びっくりしてしまい、慌てて逃げた、ということです。家の中に十八分間もいた理由も、一応これで説明がつきます。しかし、柳田氏は既に死去しているし、彼が本当に、面接に来た女に『家の中で待つように』と指示したかどうかは確かめようがない。さらに、仕事の面接をするのが夜の九時半というのも不自然だし、この女の証言には説得力がありません。ただし、事件の日から三日前以前の防犯カメラの映像は消去されているため、その女が、事件の日に、面接のために初めて柳田氏の屋敷を訪れたのか、それとも、家政婦の募集広告を見たというのは狂言で、それ以前に、彼女は愛人として何度も柳田氏の屋敷に出入りしていたのかは、確認できません。彼女は確かに『家政婦の募集広告』が書かれた求人雑誌を持っていましたが、それはトリックに使うために持っていた可能性もあります。ちなみに、その女の自宅を家宅捜索しても、《王妃の涙》は発見されませんでした。しかし、状況証拠から、犯行が可能だった人物は、この黒木という女しかいないと判断されました。彼女は容疑を否認し続けたまま、逮捕・起訴され、第一審で有罪判決が下されました。しかし、その後、また新たな事件が起きた……」

私の話を聞いていた女は、タバコの煙をゆっくりと吐いて、不気味な声で言い放った。

「そう、黒木という女が拘置所を脱走したのです」

「あの事件は、まるで推理小説のようなので、ウチの雑誌も大々的に取り上げました。若い女が一人で、警戒が厳重な拘置所を抜け出せるとは思えません。状況から言って、協力者がいたことが確実視されました。それも、犯罪に慣れた協力者が。ひょっとして、裏社会の仲間と共謀したのかも知れません。ならば、その女も危険人物だった可能性もあり、ますます彼女の柳田老人殺しの疑いは濃くなりました。盗んだ《王妃の涙》は裏社会の仲間に渡した可能性が高い。やはり、彼女は伝説の《王妃の涙》を盗む目的で、柳田氏の愛人になったのでしょう」

女も続ける。

「しかし、その女は脱走後、高飛びしたようで、警察の必死の捜査もむなしく、その後、彼女の行方は全く分からず、盗まれた《王妃の涙》も見つからないまま、時が過ぎました……」

「ウチの雑誌も総力取材しましたが、手掛かりは全く摑めませんでした。これは確かに印象深い事件でした。しかし、女が脱走して、二年が過ぎても、警察の捜査に進展はなかったし、その後はいろんな事件も起きたし、ウチの雑誌は別の事件も数多く取り上げていたので、私は目黒の柳田老人殺し、及び《王妃の涙》盗難事件のことは、あなたに言われるまで、ほとんど忘れかけていたのです」

辺りは相変わらず、霧が深い。

私は今、会ったばかりの見知らぬ女と、三年も前の殺人事件について熱心に語り合っている。何という不思議なひと時だ。まるで長年付き合っている友人同士のように、この女とは波長が合う。しかし、彼女には得体の知れない〝何か〟を感じる。今、彼女はなぜこんな話をしているのだろう？

私は仕事でこの事件を取材したので、すぐに当時の状況を思い出すことができた。しかし、普通の若い女が三年も前の事件の、それも細かい経緯や情報までしっかり覚えているだろうか？だいたい、若い女が見知らぬ男に話しかける時、三年も前の殺人事件を持ち出すのは不自然だ。普通は、他愛のない最近の世間話だ。この女は、どこかおかしい！　彼女は一体何者なんだ？何が目的で、私にこんな犯罪話をしているのだ？　しかも、事件の経緯を理路整然と語る口調は、まるでプロだ。ひょっとして、この女は警察関係者ではないか？　実際、あの事件はまだ解決していないし、脱走した女もまだ捕まっていない。だとすれば、刑事が事件の捜査のために、この地域に犯人との接点を見出し、周辺を嗅ぎまわっている可能性はある。女が私に話しかけたのも、聞き込みのためか？

そう言えば、この女は先ほどから事件のことばかり話しており、自分の素性を一切明かしていない。自分の正体を隠し、相手から情報を聞き出すというのは警察官の常套手段だ。私のように、記者として長年犯罪事件を取材していると、様々な人間と接するため、だんだんと鼻が利いてくる。この女から伝わってくる頭の良さ、相手から話を引き出す能力、女性とは思えない度胸。そうだ、間違いない！　この女は刑事だ。ならば、拳銃だって持っているはず。だとすれば、暗闇の中で、見知らぬ男に近づくのも怖くはないだろう。そう考えれば、全て合点がいく。この女、カワイイ顔をして、とんだ食わせ者だ。だとすれば、会話の冒頭で、私は「警察を出し抜く」とか「警察の不正を暴く」などと、警察官の感情を損なう発言をしてしまった。これはまずい……。

しかし、そこで私はふと、ある別の可能性にも気づき、ハッとした。実は、今、目の前にいる女が、容疑者として逮捕され、その後、脱走した黒木という女ではないか？　あの女は脱走して以来、まだ捕まっていない。しかし、この女は新聞に載っていた容疑者の顔とは全く違う。だが、裏社会の仲間がいる犯罪者なら、顔を整形するぐらいの大胆なことだってするだろう。だとすれば、この近辺にも、彼女の仲間の男たちが潜んでいるのか？　私はだんだん不安になってきたが、敢えてソレに感づいているそぶりは見せず、とりあえず相手の様子を見ることにした。

私は二本目のタバコを吸っていたが、女はいつの間にか、タバコを吸い終わり、腕を組んでいる。

しばらく間《ま》があいた。

今は真夏の暑さであるにもかかわらず、話の内容の不気味さのため、私は冷や汗をかくほどであった。周囲は暗黒と深い霧の世界であり、異常なまでに静まり返っている。

すると、女は突然私のほうを見て、不気味な笑みを浮かべた。そして、ゆっくりとした口調でこんなことを言ったのだ。

「おかしいと思いませんか？　黒木という若い女は柳田氏の家の正面玄関の前で、防犯カメラを見上げていたために、自分の顔を真正面からまともに撮られてしまったんですよ。これから犯行に及ぶ人間が、わざわざ防犯カメラを見上げたりするでしょうか？　普通、犯罪者は防犯カメラを警戒するものです。事前に防犯カメラを壊す犯人だっているぐらいです。ちなみに、柳田氏の屋敷の防犯カメラは『隠しカメラ』ではなく、かなり大きめの、見た瞬間に『防犯カメラ』だと分かる代物でした。これは、犯罪者に警戒させ、犯行を未然に防ぐためでしょう。それにもかかわらず、女は犯行に及ぶ前に、自分の顔を普通に防犯カメラに向けたのです。犯人のこの不可解な行為に、警察はなぜ疑問を持たなかったのでしょう？」

私も納得して言った。

「確かに不自然ですね」

「しかし、彼女が犯人でないのなら、『防犯カメラを見上げる』という行為は、決して不自然ではありません。どう考えても、彼女はシロです」

私は今の話を聞いて、ますます、この女に対し、疑いを強めた。彼女の説明は「自分は犯人ではない」という言い逃れに過ぎない。それに、この女は防犯カメラが「隠しカメラではなく、かなり大きめのカメラだった」などと、実際に犯行現場に行った者でなければ知り得ない情報まで知っている。彼女は間違いなく、柳田氏の屋敷に行ったことがある！　この女（黒木）が防犯カメラに堂々と顔を向けたのは、整形前の自分の顔をカメラに撮影させ、整形後の顔で逃げおおせるためだ。女が拘置所を脱走して二年が過ぎても、行方が分からないのは、「顔」を変えたからだ！　私はそう確信した。そして、私は女に、今の「整形」の説を言ってみた。

するると、彼女は意外にも、その説に同意した。

「黒木という女が拘置所を脱走できたのは、裏社会の人間とつながりがあった可能性がありま す。その後、二年経っても行方が分からないというのも、顔を整形したからかも知れません。いずれにしても、あの女は危険人物だったのでしょう。しかし、彼女は柳田老人を殺してもいないし、《王妃の涙》も盗んでいません」

私は納得のいかないまま、彼女に訊いた。

「なぜ、あなたはそう断言できるのですか？」

「先ほども言ったように、『防犯カメラを普通に見上げていた』という行為が解せないからです。警戒が厳重な拘置所を脱走してしまうほどの犯罪のプロの女にしては、犯行方法が拙すぎます。犯罪組織の仲間と協力すれば、もっと安全で、もっと確実な犯行が可能だったはずです。しかし、そのような仮説を度外視しても、あの黒木という女は絶対に犯人ではあり得ないのです」

「なぜ、そこまで言い切れるのですか？」

「私が真犯人を知っているからです」

「ほう……、その真犯人とは誰ですか？」

するると、女は意外なことを言った。

「柳田氏の家政婦です」

私はすぐに反論した。

「それは、あり得ない。事件の日の夕方五時頃に、柳田氏が屋敷の正面玄関で、家政婦を見送っている映像が防犯カメラにはっきり映っています。つまり、その時は柳田氏はまだ生きていた。そして翌朝になるまで、家政婦は防犯カメラに一度も映っていない。しかも死亡推定時刻は、家政婦が柳田氏の死体を発見した日の前日の夜です。やはり事件の日の、柳田氏の死亡推定時刻に防犯カメラに映っていた黒木という女が犯人であることに疑いの余地はありません」

するると、女は夜空を見上げて、ゆっくりと言った。

「我々は『防犯カメラ』にこだわりすぎていたのではないでしょうか？」

「しかし、犯人の侵入経路は、防犯カメラが置かれた正面玄関だけです。死体発見時、それ以外のドアや窓は全て内側からロックされていました」

「それは誰の証言ですか？」

「確か、家政婦です」

「彼女の話を信じるんですか？」

「しかし、警察が現場を確認した時も、正面玄関以外の出入口は全て内側から施錠されていたと聞いています」

「では、死体の第一発見者は誰ですか？」

「あっ……」

私はそこで、意外な盲点に気づいた。

女は平然と続けた。

「そうです。最初に事件を通報したのは家政婦でした。彼女は、警察がやって来る前に、犯行現場である一階の柳田氏の寝室の窓を内側からロックすることができたのです。つまり、それ以前は、その窓はロックされていなかった」

私は唖然としてしまった。そして思わず、女に訊いた。

「あなたは、なぜそこまで分かったのですか？」

「私が、その家政婦だからです」

「………」

私は一瞬ドキッとして、目の前の女を凝視した。

（この若い美女が家政婦？）

そう言えば、私は防犯カメラに映っていた容疑者の女の顔は新聞で何度も見たが、家政婦の顔は一度も見ていないことに気づいた。事件の日の夕方、生きている柳田氏が正面玄関で家政婦を見送っている映像が防犯カメラに映っていたという事実は知っていたが、あくまで「記事」として読んだだけで、私はその映像を見ていない。また、家政婦が事件について警察にした証言が新聞や雑誌に載ったが、彼女の顔写真は載らなかった。私も雑誌記者として、この事件を調査するため、あの家政婦に接触しようとしたが、柳田氏が死んだあと、家政婦はすぐに仕事を辞めてしまい、彼女の連絡先が分からず、会うことができなかったのだ。

（目の前の若い美女が家政婦？）

私はまた同じことを思った。考えてみれば、私は「家政婦」と聞いた時から、無意識のうちに、それが年配の女性だと勝手に決めつけていた。とんでもない先入観ではないか！

私が呆然としているのも構わず、女は話を続けた。

「私は毎日、家政婦としての仕事を終えると、柳田氏の屋敷の裏門の鍵を掛け、正面玄関を除く、家の全てのドアと窓を内側からロックし、窓にはカーテンを掛け、正面玄関から出て行くことになっていました。そのあと、柳田氏が正面玄関の鍵を内側から自分で掛けるのが習慣でした。しかし事件の日は、一階にある柳田氏の寝室の窓のロックを外しておきました。私は屋敷の鍵を持たされていないからです（注：本文の冒頭に、その説明あり）。家の裏口から侵入するため、裏口の鍵を開けておいたとしても、すぐに柳田氏にバレてしまいます。だから、侵入経路を『窓』にしたのです。カーテンが掛かっていれば、窓のロックが外れていることが柳田氏にバレませんから。第一、柳田氏は家政婦の私のことを全面的に信用しているので、『窓をロックした』という私の言葉を一切疑いませんでした。もちろん、裏門の鍵もこっそり開けておきました。

さて、私は夕方五時頃、柳田氏に見送られ、正面玄関から帰って行くところを、わざと防犯カメラに撮らせました。これは、のちに伏線となります。家政婦なら、そこに防犯カメラがあることは当然知っています。だからこそ、別人を犯人に見せる犯罪計画を思いついたのです。私は自宅へ帰ったあと、約四時間後、つまり午後九時頃、ナイフを服に忍ばせ、また柳田氏の屋敷に引き返しました。そして、防犯カメラに映らない屋敷の裏門（鍵を開けておいた）から敷地内に入り、私は裏庭を歩き、一階にある柳田氏の寝室の窓（ロックを外しておいた）から室内に入ろうとしました。

彼は一人暮らしである上、屋敷は広いので、彼がいつも同じ部屋にいるとは限りません。窓の外からこっそり彼の寝室の様子を窺《うかが》いましたが、誰もいないと確認すると、私は窓から室内に入りました。もちろん、部屋に靴の泥がついたらいけないので、靴を脱いでから入りました。柳田氏は別の部屋にいたようですが、私は部屋に入ると、わざと物を落としたような大きな音を立てました。彼はすぐに何事かと寝室に来ました。彼は、私がそこにいることに驚きましたが、私を家政婦として信頼していたので、油断していたのでしょう。私は一瞬の隙を見て、彼の背中に、持ってきたナイフを刺しました。いくら男女の力の差があるとは言っても、彼は七十九歳の高齢で、しかもこちらは武器を持っているので、格闘になっても心配はありませんでした。次に、私は金庫を開け、《王妃の涙》を盗みました」

私は口を挟んだ。

「ちょっと待ってください。金庫の暗証番号を知っているのは柳田氏だけのはずです。なぜ、あなたに金庫を開けることができたのですか?」

「そもそも、『金庫の暗証番号を知っているのは柳田氏だけ』と証言したのは誰ですか?」

「………」

「そう、家政婦の私です(注:本文の冒頭にその説明あり)。柳田氏が家政婦を募集した時、私のような若くて美人の女が面接に来たのですから、彼は即決で私を採用しました。柳田氏は妻に先立たれて以来、男の一人暮らしです。彼が私に『そういう関係』を求めても不思議はありません。私も彼の『期待』に応えました。そもそも私が家政婦になったのも、彼を誘惑し、《王妃の涙》を盗むためだったのです。そうです。柳田氏の愛人は防犯カメラに映っていた黒木という女ではなく、家政婦の私だったのです。黒木は、その日、初めて柳田氏と面接する予定だっただけの女です」

私はこの女の意外な話に引きずり込まれてしまった。

女は続ける。

「柳田氏が愛人の家政婦に金庫の暗証番号を教えても不思議はありません。さて、柳田氏を刺し殺した私は、金庫を開け、《王妃の涙》を頂きました。もちろん、ナイフで刺す時も、金庫を開ける時も、手袋をはめていたことは言うまでもありません。次に私がすることは、正面玄関の鍵を内側から開けることです。その理由はいずれ話します。そして私は、《王妃の涙》を服のポケットに入れ、最初に入って来た寝室の窓から外に出ます。庭に置いたままだった靴をまた履いて、そのまま防犯カメラには映らない裏門から通りへ出て、自宅に帰ります。しかし、このままだと、柳田氏の寝室の窓のロックが外れたままで、裏門の鍵も開いたままです。そのため、犯人の侵入経路が寝室の窓だったと判明し、防犯カメラに映っていない人物にも犯行が可能だという結論になってしまいます。だから、翌朝、私は防犯カメラに映る正面玄関から堂々と建物に入り（鍵が開いているから）、柳田氏の寝室の窓を内側からロックし、次に裏口から庭へ出て、裏門の鍵を掛けました（内側から掛け金を下ろすだけ）。柳田氏の死亡推定時刻は前日の夜なので、翌朝に私が正面玄関の防犯カメラに映っていても、私は疑われません。これで、全て完了です」

女は一息ついて、また語り始めた。

「しかし、警察だって馬鹿じゃありません。先ほどの方法を使えば、家政婦にも犯行が可能なことは当然分かるはず。そこで、私の身代わりになってくれるスケープゴートが登場するのです。柳田氏の家政婦が近々辞めるため、新しい家政婦を募集するという広告を出したのは私です。多額の報酬も提示しました。もちろん、柳田氏はこの事実を知りません。応募条件に『二十代の女性』と書いたのも私です。すると、志願した女が柳田氏に電話で問い合わせてきました。電話を受けた私はボイスチェンジャーの機械を使い、男の声で、その女に、私が犯行を行う日の午後九時半頃に柳田氏の屋敷に面接に来るよう伝えました。あたかも柳田氏自身が語っているように思わせるためです。さらに、『面接に来た時、正面玄関の呼び鈴を押しても、誰も出ない場合は、玄関の鍵は開いているから、自分で屋敷内に入り、一階の応接室で待っているように』とつけ加えました。なぜなら、彼女が玄関の呼び鈴を押す午後九時半頃には、柳田氏は既に死んでいるのですから。先ほどの話の続きですが、私が寝室内で金庫から《王妃の涙》を奪ったあと、正面玄関の鍵を内側から開けておいたのは、このためだったのです。面接に来た女が玄関から建物に入って行く映像が防犯カメラに撮られなければ、このトリックは成立しません。あの映像を見ると、『女が呼び鈴を押したあと、柳田氏が内側から玄関の鍵を外し、女がそのドアを開けて、中に入った』と判断されます。その後、十八分ほどして、彼女がまた玄関から慌てて外に逃げて行く映像も防犯カメラに撮られます。そうなれば、あたかも、彼女が家の中で柳田氏を殺し、《王妃の涙》を持って逃げたかのような印象を与えます。宝石そのものは小さいので、彼女は自分のバッグに宝石を入れて持ち去ったと判断されます。もちろん、私が犯行時に正面玄関の鍵を内側から開けておいたのは、翌朝、第一発見者の私が邸内に入れるためでもあります。そうしなければ、私は柳田氏の寝室の窓を内側からロックできませんから。柳田氏の手帳に、黒木という女の名前と電話番号を書いたのも私です。先ほども言ったように、あの状況では、家政婦である私の犯行の可能性も排除できませんが、柳田氏の死亡推定時刻に、若い女が、柳田氏の自宅内に入り、しばらくして、慌てて逃げて行く映像が防犯カメラにはっきり映っており、彼女の印象が強烈に残ってしまったため、警察は家政婦への疑いを隅に追いやってしまったのです」

少し間《ま》が開いた。女はこちらを向いて言った。

「私は柳田氏の愛人で、彼の金庫の暗証番号を知っているだけでなく、彼の銀行口座からお金を引き出す役目まで任されていました。事件の数ヶ月前から、柳田氏の口座から、徐々に、多額のお金が引き出されていたことは周知の通りですが、警察は柳田氏が愛人に貢いでいたと判断していました。しかし、その愛人とは、家政婦である私だったのです。私は柳田氏を殺したあと、家政婦を辞めるつもりでいました。なぜなら、柳田氏が死ねば、家政婦の私はあの屋敷で働く理由がなくなります。もう彼のお金を自由に使えません。かと言って、『私は柳田氏の愛人だから、彼の遺産をもらう権利がある』なんて主張したら、私の柳田殺しの動機が浮上しますし、私が柳田氏の金庫の暗証番号を知っていた可能性も疑われます。なので、そんなことは口が裂けても言えません。だから、私は事前に彼の口座から多額のお金を引き出していたのです。ところで、この事件には謎を解くためのヒントがちゃんとあったのですが、犯罪事件を取材している腕利きのあなたは、それに気づきましたか？」

私は事件の状況を思い出してみたが、この女の策略にまんまと乗せられ、完全に騙《だま》されていたことに気づいた。そして、事件の謎を解くヒントなどには、全く気づかなかったことを正直に告白しなければならなかった。

女は得意げに言った。

「手掛かりは最初からあったのです。事件の日の夕方五時頃、生きている柳田氏が正面玄関で、帰って行く家政婦を見送っている映像が防犯カメラに映っていたことはご存じですね。これは、ちょっとおかしいと思いませんか？　普通、仕事を終えて帰宅する家政婦は主人に挨拶したあと、裏口から一人で帰るものです。主人がわざわざ正面玄関まで家政婦を見送るのは、この二人が親密な関係だったことを物語っています。家政婦は柳田氏の愛人なので、主人に見送られることが多かったのです。しかし、柳田氏がいつも家政婦を見送るとは限りません。事件の日、私は自分のアリバイを作る必要がありました。だから、生きている柳田氏が玄関で家政婦の私を見送る映像を、どうしても防犯カメラに撮らせたかったのです。その日、私は柳田氏に特に甘え、『今日は、正面玄関まで見送って欲しい』と、せがみました。どうしても必要な映像だったからです。さらに、柳田氏の死体を発見した家政婦の証言に、『まず屋敷の正面玄関の呼び鈴を押すと、既にそのドアの鍵が開いているのを見て、不審に思いました』という箇所があります。これも不自然です。家政婦は普通、裏口から家に入るものです。彼女が普段から正面玄関から入ることを許されていたということは、この家政婦と主人は、単なる主従関係ではなかったことを意味します。もちろん、今のような『映像』や『証言』から、私が疑われてしまう危険性もあります。しかし、推理小説好きの私としては、敢えて、謎解きのヒントを与えたのです。しかし、警察は、これらの点を見逃していました。雑誌記者として腕をふるっていた、あなたでさえも……。いずれにしても、このままでは、事件の日、家政婦の面接に来た黒木という若い女が無実の罪で裁かれてしまいますが、実は彼女も私と同様、海千山千の図太い女だったようですね」

この時の私の心境は微妙だった。この女の今の話には半信半疑だったが、最初に出会った時からずっと感じていた、この女の〝不可解さ〟の正体がこれだったのか、と納得する部分もあったからだ。私はまじまじと女を見つめた。この美しい女が殺人鬼？　いや、美しいからこそ、不気味なのだ！　こんな若くて美しい家政婦が誘惑すれば、大資産家・柳田宗一郎氏もイチコロだっただろう。彼女の犯行は十分に可能だと思われた。

しかし、私は今、自分たちがいる状況を冷静に判断した。この女は、黒木という裏社会と関係のある女ではない。殺人者とはいっても、単独犯だ。今ここにいるのも、彼女一人だろう。そこまで考えると、私はあえて挑戦的に言った。

「ほう、あなたがあの事件の犯人だったんですか。ならば、私は今、殺人犯と二人っきりでいるわけですね。これは恐ろしい。いいですか、あなたは今、自分の罪を私に告白してしまったんですよ。犯人を知っている私を生かしておいていいんですか？　それとも、私を殺すつもりなんですか？　しかし、しょせん男と女が争えば、勝負は目に見えていますよ。あなたが、どんな武器を持っているか知りませんが、私は柳田氏と違って、高齢者じゃない。腕力には自信がある。しかも、私はあなたが殺人犯だと知っている。柳田氏のように、油断しているところを殺されるなんていうヘマはしない。私は今すぐにでも、あなたを警察に突き出すこともできるんですよ！」

するとと、女は突然笑い出した。そして、馴れ馴れしい口調に変わった。

「オホホホ！　それは本当にあなたの本心？」

それを言われた私は、痛いところを突かれたように感じた。そして、彼女の持っている妖気に圧倒されて、言葉が出なかった。

女は次にこんなことを言った。

「私の犯行を聞いたあなたは、こんな疑問を持っているでしょうね。私が柳田氏の愛人なら、彼を殺さなくたって、贅沢な生活ができたし、《王妃の涙》だってもらえたかも知れない。それに柳田氏は、愛人の私に遺産を相続させる『遺言状』を書く可能性が高い。しかも、彼は七十九歳の高齢だから、いずれこの老人が死ねば、彼の財産をもらえただろう。だから、そんな危ない橋を渡る必要はなかった、と言いたいんでしょう？　全くその通りよ。でもね、私が最初にあなたに会った時、『雑誌記者の方は警察より先に事件の真相を暴くから、尊敬しますわ』と言ったように、私は犯罪事件そのものに興味があるの。昔から推理小説も夢中になって読んだわ。完全犯罪って、本当にできるのかしらって思っていたの。もちろん、《王妃の涙》も欲しかったけど、私に完全犯罪の才能があるのか、どうしても確かめたかったの。だから、《王妃の涙》を盗んだ時も嬉しかったけど、事件が起きて、三年が経っても、私が捕まらず、別人が犯人として疑われていた状況を見た時は、それ以上に嬉しかったわ。もし黒木という女が脱走しなかったら、彼女は間違いなく有罪になっていたわ。えっ、証拠？　もちろんあるわよ。ほらっ、これが、かの《王妃の涙》よ」

そう言って、彼女はポケットからエメラルドを取り出した。この場が暗いので、はっきりと色あいやデザインは確認できないが、それは人の手のひらに収まるほどの大きさだった。こんな小さな物が十数億円もするのか！　そして、こんな小さな物のために、人は殺人まで犯すのか！

私は、もはや彼女を責めようとか、捕まえようとかいう気持ちは全く起きず、宝石をじっくり鑑賞したいという好奇心から、急いでライターを取り出し、〝火〟を点け、《王妃の涙》と名付けられたエメラルドに〝光〟を当てた。そこに映し出されたのは、目も眩むような美しい宝石であった！　暗い場所で照らし出された宝石だからこそ、ひときわ輝かしいのだ！　テレビや新聞で紹介された伝説の《王妃の涙》と同じ形だ。もちろん、本物はそれ以上の輝き、それ以上のオーラだ！　私はその美しさに感動し、声も出なかった。これは間違いなく本物だ。私は直感的にそう思った。

女は明るい声で言った。

「ウフフ、綺麗でしょ。私は、これが欲しかったのよ。どう、今の話を聞いて、私を警察に突き出す？　それとも、あなたの雑誌に特ダネ記事として、今の話を書いてもよくってよ。でも、読者は信じるかしら？」

彼女はエメラルドをまたポケットに大切にしまった。

そして、最後に私にこう言った。

「あなたが雑誌記者として犯罪事件を取材していると聞いた時、絶対この事件に興味を持つと思ったわ。私が犯人とも知らないで、あなたが事件の状況を真面目に説明しているのを聞いている間、私はおかしくって笑いをこらえるのが大変だったわ。でも、この暗闇と深い霧のために、私の表情はバレなかったようね。でもね、私が最初に言った《王妃の涙》の伝説は本当に信じているの。このエメラルドには目に見えない〝魔力〟があるわ。だから、世界有数の大資産家・柳田宗一郎でさえも、あんなに簡単に死んでしまったんだわ。ということは、その《王妃の涙》を手に入れた、この私にも不幸な死が訪れるということね。でも、それでもいいの。《王妃の涙》の神秘的な力で死ぬことができるのなら、私は本当に幸せよ！　あなたとの話は楽しかったわ。短い間だったけど、素敵な時間を過ごすことができました。ありがとう。では、さようなら」

そして女はしばらく私を見つめていたが、やがてクルッと背を向けると、そのままゆっくりと遠ざかって行った。その間、彼女の高らかな、そして不気味な笑い声が、いつまでも、いつまでも、暗闇の中に響いていた……。

やがて、怪美人は霧の中に消えた。

一人残された私は、茫然とその場に立ちすくむ。彼女を追う気力もなかった。女の存在、そして彼女の話の不思議さ、意外さに圧倒され、放心状態になってしまったのだ。

しばらくして、私はやっと我に返った。今、彼女がした話は本当なのか？　仮に嘘だとしても、見ず知らずの私に、偽物のエメラルドをこしらえてまで、あんな作り話などするだろうか？　そんなことをしても、全く意味がない。それに彼女の話は事件の核心を突いていた。実際に犯行現場に行った者でなければ、あそこまで正確な説明はできないだろう。今、あの女がした話は、部外者が遊び半分にした作り話では決してない。彼女の存在も、彼女の告白も、彼女が私に見せた《王妃の涙》も、全てが真実だ。私はそう確信した。

それにしても、私はたった今まで、あんな、とてつもないことをしでかした女と普通に話をしていたのか……。あの女は、自分の犯行を自慢する目的で私に近づき、あんな告白をしたのだろうか？　犯罪者は、自分の完全犯罪を他人に自慢したいという本能がある。そんな話を聞いたことがある。今の女がまさにそれだ。あの得意げな話しぶり！　あの高らかな笑い声！　私は今までずっと、彼女の手のひらの上で転がされていたのだ。かつて、大資産家の柳田宗一郎氏がそうであったように……。

しかし、今の私に一体何ができるというのだ？　警察に通報しても、一笑に付されるだけだ。肝心の女は、もういなくなってしまったし、彼女の名前も、住所も、電話番号も分からない。証拠の《王妃の涙》も、今はここにはない。それに彼女が話をしている間、周囲には我々二人以外は誰もいなかった。つまり、この場の状況を立証してくれる第三者がいないのだ。雑誌の記事に、彼女の語った話を書いても、作り話だと受け取られるだろう。いや、それ以前に、私は彼女の「告白」を誰かに話そうという気はさらさら起きなかった。私は今、不思議な女と神秘的な時間を過ごすことができた、という幸福感に陶酔していたのだ。不可解な事件の真相を、私だけが独り占めできたという満足感もあった。彼女の「告白」は、私と彼女だけの秘密にしておきたい。私はあの女の妖しさ、そして神々しさに惹かれていたのか……

今、私の周囲には誰もいない。車すら走っていない。
深い霧だけが立ち込めている。
まさに不気味な暗闇の世界である。

数日後、東北のとある渓谷で若い女の死体が発見された。状況から言って、山からの転落死と断定された。顔からまともに落ちたらしく、女の顔は滅茶苦茶に潰され、識別ができないほどであった。既に死後数日が経っていることが分かったが、女の所持品からは、身元を確認できるものが全く出なかったため、警察はこの女の身元の特定に急いでいる。

自殺か、事故か、あるいは事件性があるのか。警察は現在捜査中とのこと。尚、女が着ていた服のポケットからキラキラ光る宝石らしきものが見つかったが、奇跡的にも、その宝石には傷ひとつなかったという。

カナコ～KANAKO～

〈今、私の目の前にいる「カナコ」は、衆人に見つめられ、どんな心境だろう?〉

事の発端は、何の前触れもなく、意外なところで起きた。

時は平成。秋も深まった十月下旬の日曜日の午後。ここは、東京・千代田区にある区民会館。様々なイベントや演劇の上演にも使われる小規模なホールだが、この日はある学者の講演会が開かれていた。W※※工科大学教授の古賀正人氏による「工学の発展と社会のあり方」と題された講演であった。著名な学者であるため、会場は満員で、マスコミの取材陣も多く来ていた。

私はジャーナリストとして、古賀教授の名声と影響力は十分に知っていたし、彼の著書を読んだ時は大いに感銘を受けた。だから、一度この教授の講演をじかに聴いてみたいと思っていたので、その日は会場へ足を運び、最前列の席に座った。

登場した古賀教授は六十代後半だと聞いていたが、髪に白いものが多くなり、皺も目立っていた。しかし、その鋭い眼光はさすがに知性を感じさせる。古賀教授の講演は予想通り、幅広い知識と深い洞察力に基づく優れた内容で、私の心に鋭く、深く、重く響いてきた。その上、教授の声には声楽家のような底力があり、語り口も雄弁であるため、さらに説得力を増す。多くの研究者、評論家が古賀教授に敬意を払うのも当然だと思われた。

私が教授の講演に聞き入っていると、突然舞台のそでから一人の若い女が現れ、中央に向かってゆっくり歩いてきた。彼女は教授の斜め後ろに止まり、そのまま慎ましやかに佇《たたず》んでいる。アシスタントだろうか？　彼女は赤い服に赤いミニスカート、それに赤いハイヒールを履いていた。髪は後ろに束ねている。その時の私の正直な気持ちを言うと、彼女のあまりの美貌に見とれてしまい、途中から古賀教授の話が耳に入らなくなってしまった。彼女の顔は白く、目は無表情だが、神々しさが漂っている。体の曲線美も完璧である。私は一瞬で恋心が芽生えた。二十代後半にもなって、恋人すらいない私は体中が熱くなるのを感じ、彼女をじっくり観察できる最前列に座れたことを、心から感謝した。出会いというものは、探していても見つからないが、予想もしない時にひょっこり現れるものだ。

私がしばらく彼女を見つめていると、彼女もこちらをチラッと見たので、私はドキッとした。しばらくお互いの目が合っていた。そして、彼女はまた目をそらした。

その後も私は彼女を見続けていたが、ふと彼女に対して何か違和感を覚えた。この女はどうも様子がおかしい。彼女の目の瞬《まばた》きのスピードがやけにゆっくりなのだ。しかも、必ず同じ間隔をおいて瞬きをする。時折、笑みを浮かべるが、頬や口元は笑っているが、目が笑っていない。そのため、表情が冷たいのだ。よく見ると、色白の顔も血色の良い白さではなく、「青白い」と言ったほうが正しい。皮膚は確かに柔らかみがあるが、笑みを浮かべる時以外は全く動かない。その上、やや光沢がある。要するに、彼女は美人なのだが、人工的で生気のない表情なのだ。そう言えば、彼女が登場した時の歩き方も型にはまった動きだった。しかも先ほどから立ったまま同じ姿勢で全く動かないのだ。人が長時間、ほんの僅かも動かないでいられるだろうか？

もしや……。

気がつくと、古賀教授の講演はいつの間にか、終わりかけていた。

「……という結論なのです。ご静聴ありがとうございました。ところで、皆さんは、私の後ろに立っているこの美しい御婦人が気になってらっしゃいますね。彼女の名前はカナコさんといいます。皆さん、驚かないでくださいよ。実は彼女は人間ではありません。昨今、徐々に社会を席巻しつつある『人型ロボット』なのです。私の研究チームが開発した最新鋭のモデルなのです」

会場の聴衆が、大きくどよめいた。

教授は続けた。

「建築家は、単に工学技術を身につけているだけでは駄目です。建物に対する芸術的な感性がなければ、優れた建造物を創造することはできません。同じように、人型ロボットを製造する者も、単に工学技術だけでなく、絵画を描く画家や、彫刻を彫る彫刻家のように、芸術的な才能が求められるのです。なぜなら、これからの時代は人型ロボットが人間社会に入り込み、溶け込み、人間と共に仕事や生活をするので、その『外見』も重要だからです！

このカナコをご覧ください。彼女の顔の皮膚のぬくもり、知性ある眼差し、筋の通った鼻、なまめかしい唇、髪の毛の艶、それら全体によって表現される美しい顔の表情。さらに豊満な胸、引き締まったお腹、切れ上がったヒップ、長く美しい脚！　どうです？　まるで本物の女性のようではありませんか！　彼女の美貌に心を奪われない者がいるでしょうか？　さらにAI技術の急速な進歩により、カナコには優れた思考能力も備わっているのです。今や『人型ロボット』はここまで進化したのです。カナコは単なるロボットを超えています。彼女は人々の心を揺さぶるほどの外見の魅力と、物事を分析する優れた知能を兼ね備えています。まさにカナコは人間と同等、いや、それ以上の女性なのです!!」

ここで、会場から大きな拍手が沸き上がった。

やっぱり……。

古賀教授がAIロボット開発の第一人者であることは知っていたし、既に数体の人型ロボットを製造しているという噂も聞いていた。しかし、まさか講演会に実物を持ってくるとは思わなかった。私はテレビで『人型ロボット』なるものを見たことはあったが、実際に現物を見るのは初めてだ。しかも、心の準備が出来ていないうちに、いきなり「ソレ」が目の前に現れるとは……。

それにしても凄い！

ここまで精巧に出来ていると、本物の女性と全く見分けがつかない。もし、顔の『不自然な表情』がなかったら、私も完全にダマされていただろう。なにせ、彼女を好きになってしまったぐらいだから……。

今や、科学技術はここまで進歩したのか！　人間の顔や体の皮膚をリアルに再現できる素材の開発も急速に進歩したのだろう。加えて、教授が言ったように、本物の人間に見せるための芸術的な表現力も優れていたと言える。私が大いに感心したと同時に、大いに失望したのは言うまでもない。一目惚れをし、熱い恋愛感情さえ持ってしまった女性が、実は人間ではなく、ロボットだったと分かった時の私の悲しみが、皆さんに分かるだろうか？　しかしながら、私は依然としてカナコに心を奪われたままだ。複雑な心境で……。

古賀教授の話が終わると、カナコはやや不自然な歩き方で教授のもとに近づき、彼に片方の手をさし伸べるようなしぐさで、「W※※工科大学の古賀正人教授でした。お客様方、本日はご来場くださり、ありがとうございました」と、機械的な音声を発した。

私は自宅に戻ると、ベッドに横たわり、天井を見つめていた。

多くの評論家、学者が指摘しているように、これからの時代は若者の数が減っていくので、ロボットが人間の仕事をすることも多くなっていくだろう。理屈では分かっていたが、あんなリアルなロボットを見せつけられると、考えさせられる。未婚率が上がり、少子化の昨今、仕事面だけでなく、友人や恋人など、人間のパートナーとしての役割をロボットが担う日が来るのか……？　バカバカしい！　そんな時代が来てたまるか‼

それにしても……。

古賀教授の講演会でカナコを初めて見た時、私は本気で彼女を好きになってしまった。ロボットを好きになった？　私は異常なのか？　しかし、そこで、ある疑問が浮かぶ。どんなに美人でも、どんなに整った顔でも、しょせんロボットは人工的に作った顔だ。そんなものを見て、気持ちが熱くなったり、恋心が芽生えたりするものだろうか？　かつて人間そっくりの球体人形を見たことがあるが、どんなに精巧に出来ていても、人工美は人間とは何かが違う。生身の人間が持っている〝雰囲気〟や〝実在感〟がない。要するに、人工美には限界があるのだ。まして最初から人形やロボットだと分かっていたら、先入観を持って見るので、なおさら熱くなることはないはずだ。しかし、カナコの場合、「人型ロボット」だと判明したあとでも、依然として私は彼女に心を奪われていた。やはり、私は異常なのか？　カナコからは確かにある種の〝気〟が伝わってきたのだ。これはどういうことだ？　いずれにしても、私がカナコに恋をしていることに間違いはない。

あぁ、彼女と話がしたい。

彼女と付き合いたい。

彼女と結婚したい。

しかし、彼女は……。

ロボットと結婚することはできない。いや、結婚できなくてもいい。付き合えるだけでいい。いや、単に話を交わすだけでいい。それだけでも、幸せになれそうだ。彼女には「音声」を発するシステムが搭載されていた。ＡＩ技術により、会話や意思疎通もできるというではないか！

この時、私は明らかにおかしくなっていた。

あぁ、「カナコ」とは一体何者なのか……。

古賀教授の講演会には、新聞や雑誌の取材も多く来ていたため、人型ロボット『カナコ』は、たちまちマスコミによって大きく報じられ、世間の話題となった。当日は、記者たちがカナコ

郵便はがき

料金受取人払郵便

新宿局承認

2524

差出有効期間
2025年3月
31日まで
（切手不要）

1608791

141

東京都新宿区新宿1－10－1
(株)文芸社
愛読者カード係 行

ふりがな お名前		明治 大正 昭和 平成	年生 歳
ふりがな ご住所	□□□-□□□□	性別 男・女	
お電話 番号	（書籍ご注文の際に必要です）	ご職業	
E-mail			
ご購読雑誌(複数可)		ご購読新聞	新聞

最近読んでおもしろかった本や今後、とりあげてほしいテーマをお教えください。

ご自分の研究成果や経験、お考え等を出版してみたいというお気持ちはありますか。

ある　　ない　　内容・テーマ（　　　　　　　　　　）

現在完成した作品をお持ちですか。

ある　　ない　　ジャンル・原稿量（　　　　　　　　　　）

書　名			
お買上 書　店	都道　　　　市区 府県　　　　郡	書店名	書店
		ご購入日	年　　月　　日

本書をどこでお知りになりましたか?
1.書店店頭　2.知人にすすめられて　3.インターネット(サイト名　　　　　)
4.DMハガキ　5.広告、記事を見て(新聞、雑誌名　　　　　)

上の質問に関連して、ご購入の決め手となったのは?
1.タイトル　2.著者　3.内容　4.カバーデザイン　5.帯
その他ご自由にお書きください。
(　　　　　　　　　　　　　　　　　)

本書についてのご意見、ご感想をお聞かせください。
①内容について

②カバー、タイトル、帯について

弊社Webサイトからもご意見、ご感想をお寄せいただけます。

ご協力ありがとうございました。
※お寄せいただいたご意見、ご感想は新聞広告等で匿名にて使わせていただくことがあります。
※お客様の個人情報は、小社からの連絡のみに使用します。社外に提供することは一切ありません。

■書籍のご注文は、お近くの書店または、ブックサービス(0120-29-9625)、セブンネットショッピング(http://7net.omni7.jp/)にお申し込み下さい。

の写真を多く撮影していたため、カナコの美しい顔写真やスタイル抜群の全身写真が新聞、スポーツ紙、週刊誌、大衆紙を賑わせていた。さらに古賀教授の講演内容が「ロボット社会」という深刻な内容なだけに、固い学術誌や経済紙にまで、この美しい女性型ロボットの写真が掲載された。さらに、テレビでもカナコの話題が取り上げられるなど、一大センセーションを巻き起こしたのだ。

今やカナコは、泣く子も黙る有名人となり、日本で彼女を知らない者はいないほどになってしまった。

マスコミはカナコのことを、

『まるで、本物の女性のようだ！』

『彼女こそは国民の恋人だ！』

『彼女の美貌とスタイルなら、ミス日本、いや、ミス・ユニバースにだってなれる！』

『彼女は単なるロボットではなく、感情も知力もある優れた生き物、そして人間以上の美女！』

などと書き立てた。

私は友人に、カナコの写真が映っている雑誌を見せ、「どうだい、別嬪《べっぴん》だろう？　僕は彼女となら結婚してもいいと思っているんだ」と言った。

するとと友人は呆れた顔で、こうあしらった。

「オマエ、バカか？　人間がロボットと結婚できるわけないだろ。確かに、いい女だが、そんなに好きだったら、その古賀教授とやらに、『カナコ』をもう一体作ってもらい、譲ってもらえ。そして、『観賞用』として、そのカナコちゃんを毎日眺めていればいいだろ。ＡＩ機能も発声機能もついているんだから、ロボットとお話でもしてろ！」

ここまでカナコが有名になったため、当然、イベントやセレモニー、さらにテレビ番組でもカナコを使いたいと、古賀教授のもとに出演依頼が殺到したというが、その後、カナコが公の場に現れることは二度となかった。恐らく、古賀教授がカナコをやたらに大衆にさらしたくなかったのだろう。

私は、カナコをもう一度見たいという熱い思いから、古賀教授の大学に、「取材のために、もう一度、人型ロボット『カナコ』を見せてください」と打診したが、なぜか教授とは全く連絡が取れなかった。

その後、私はカナコに会うことができないまま、淋しい日々が過ぎていった。しかし、その間も私はカナコのことを忘れることは決してなかった。

――　三ヶ月後　――

日曜の午後。

私はたまたま新宿の大通りを歩いていた。ちょうど喫茶店の前にさしかかり、何げなくガラス越しに店内を覗いた時、窓際のテーブル席に座っている人物を見て、私は心臓が止まるほど仰天した。そして自分の目を疑った。そこにいるのは、紛れもなく人型ロボット『カナコ』ではないか！　あの講演会の時は赤い服だったが、今日はグレーの服を着ている。髪もあの日は後ろに束ねていたが、今日は下ろしている。なので、大分印象が違うが、彼女は絶対にカナコだ！　私が彼女を見間違えるはずがない。私はしばらく呆然とその場に立ち尽くしたまま、カナコを凝視していた。そして無意識のうちに、その喫茶店に入ってしまった。

「いらっしゃいませ」いう店員の声も聞かず、私は一目散にカナコと思しき女の座っているテーブル席のそばまで進んで行った。ちょうど彼女の斜め後ろの席が空いていたので、そこに座る。注文を聞きに来た店員に「コーヒー！」とぶっきらぼうに言うと、私は斜め前方に座っているカナコ（?）の後ろ姿を注視した。彼女は普通に紅茶を飲んだり、本を読んだりしている。その動きはいたって自然であり、決してロボットの動きではない。私は意を決して、彼女のもとへ歩み寄り、彼女の斜め前方に立った。間近で彼女を見た時、私は確信した。

（間違いない。カナコだ！）

私は高鳴る気持ちを落ち着けて、なるべく冷静に彼女に声をかけた。

「あのう、失礼ですが……。今から三ヶ月ほど前に古賀教授の講演会があった時、教授のそばに立っていらした女性ですよね。私はジャーナリストとして、あの時、最前列で教授の講演を聴いていたのです」

女は一瞬びっくりしたような顔でこちらを見たが、しばらくしてから、クスッと笑い、

「あぁ、あなたのことは覚えていますよ。あの時、私のことをずっと見ていらっしゃいましたね」と言ってきた。

私は何が何だか分からず、「これは一体どういうことなんですか？」とたまりかねて訊いた。

女は冷静な声で答えた。

「あぁ……、あれは言わば、余興だったんです」

「余興？」

「そうです。安心してください。私は生身の人間ですから」

そう言って、彼女はニッコリした。しかし、その笑顔は講演会で見た冷たい笑いではなく、温かい微笑みであった。声も、あの時のような「機械的な音声」とは違い、人間的なぬくもり

が感じられる。

私はまだ狐につままれているような気分だった。

「私にはわけが分かりません。あなたは一体……」

「実は、あの講演会を企画した人が、遊び心のある人というか、いたずらっぽい人というか……。あっ、立ってらしたら疲れるでしょうから、そちらにお掛けになってください」

そう言って、彼女は自分の向かい側の席を指した。

私はそこに座り、テーブルを挟んで、彼女を真正面から見ることになった。

謎の女は話を続けた。

「ええと、どこまで話しましたっけ？　あっ、そうそう、その非常にユーモアのセンスのある方がいて……。今、人型ロボットというのが世間で話題になってますでしょ。そこで、その人が、『もし、本物の女性が人型ロボットになりすましたら、どこまで人をダマせるだろう』と思いついたんです。あ、申し遅れました。私の名前は山下加奈子といいます。劇団で女優をしています。といっても、小劇団なので、知らない人のほうが多いですけどね。人型ロボットという難しい役を演じるからには、プロの女優が必要ですが、あまり有名な女優さんだと、すぐにバレてしまいます。だから小劇団の女優がいいということになったそうです。この『お芝居』の企画をした人がウチの劇団の舞台を見た時、私の演技力に大いに感心し、『この特殊な役は是非、あなたに演じて欲しい』と懇願してきたのです。私も女優になって以来、まさかこんな役が来るとは夢にも思いませんでした。本当にびっくりしました。人型ロボットなんて、過去に一度も演じたことがないので、最初は自信がありませんでした。しかし、もしこれで多くの人々をダマせることができたら、私の演技力も本物だと証明されますし、ギャラも普段劇団で頂いている額の三倍を提示されたので、引き受けたという次第です。この役は、舞台演劇という興行の芝居ではなく、その場にいる人々を本当にダマす『演技』をしなければならないのですから、かつてないスリルと重圧を感じました。女優まで雇って、こんな手の込んだ『お芝居』をしても、主催者側には何の儲けにもならないんですがね。やっぱり、こういうことが好きなんでしょう。大人になっても、少年の心を失わない人というのは、こういう人を指すんですね。私はこの役を演じるに当たって、早速テレビやビデオで『女性型ロボット』の顔の表情や体の動きを徹底的に研究しました。そして私は、人型ロボットもちゃんと目の瞬《まばた》きをすることに気づきました。そして、その瞬きのスピードが人間よりも非常に遅く、なおかつ必ず同じ間隔をおいて瞬くことも発見しました。ゆっくり瞬きをするのは、そのほうが優しい表情になるからでしょうか？　私も今度、舞台で別の役を演じる時に参考にしようと思いました。さらに、ロボットは頬や口元の筋肉を微妙に動かして、笑っている表情を作ろうとしているのですが、どう見ても、笑っているように見えないんですよね。人工的で冷たいんです。口元が笑っているのに、目が笑っていないのです。これがロボットの限界でしょうか。『笑う』という表情は感情を伴っているので、人間にしかできないのだと思います。

私は以上のようなロボットの顔の『不自然な表情』を何度も何度も練習しました。やるからには万全を尽くすというのが、私のモットーなんです。もちろん、講演会の当日は顔に青白いメークをし、血色の良さを隠しました。さらに、やや光沢の出るラメ入りのパウダーを塗り、人工的で冷たい顔を装いました。立ったまま、同じ姿勢を長時間保つのも、我々役者はパントマイムの訓練を受けているので、そういうことは得意なんですよ。歩く時も、機械的な動きに徹しました。あとはセリフを言う場面ですが、テレビで見た女性ロボットの冷たく無機的な『声』をできるだけ真似しました。いかがでしたか、私の演技力は？」

私は、この不思議な話に引きずり込まれてしまい、言葉が出なかった。そして、講演会にいたカナコの姿と、目の前にいる山下加奈子の姿を見比べ、やっと合点がいった。

「なるほど、そういうことでしたか！　まさに、あなたの演技は完璧でした。私だけでなく、あの会場にいた全ての聴衆がダマされましたよ」

「だとしたら、役者冥利に尽きますね。でも、まさか、あんなにマスコミで大反響になるとは思わなかったんです。私も主催者たちも戸惑っちゃって。イベントやテレビ出演の依頼が殺到したのですが、あまり何度も姿を出したら、いずれは怪しまれると思いました。まして、テレビなんかに出て、他の出演者のすぐそばにいたら、何となく『雰囲気』でバレるはずです。私の『息遣い』だって、そばにいる人に聞こえてしまいますしね。このままずっと、『カナコ』を演じ続けるわけにもいかないし、いいところでネタばらしをしようかと思いましたが、『実は人間でした』なんて白状するのもカッコ悪いでしょ。だから、引っ込みがつかなくなっちゃって。なので、出演オファーは全て断り、私は姿を消し、このまま『カナコ』は人型ロボットだったということにしよう、と皆で決めました。そのほうが、夢を壊さなくていいし。だからその後、『カナコ』が表舞台に出ることは二度となかったのです」

「確かに、そうしたほうが良かったでしょうね。奇跡の人型ロボット『カナコ』は、永遠に人々の心に生き続けるでしょうから。そして、ロボットの可能性に夢を持っている研究者たちにも大きな希望を与えますし。今でも世間の人々は、カナコさんを本物のロボットだと信じているはずです。それほど、あなたは完璧に『人型ロボット』になりきっていましたよ」

「練習した甲斐がありましたね。確かに、最初は会場のお客さんをダマすことに快感を覚えました。しかし、日本中の人々を欺いていることに、私は徐々に罪悪感を持ってしまいました。その後も、ずっと複雑な心境でした……」

「舞台で役者が芝居を演じている時は、観客は、しょせんそれは『芝居』だと分かっている。しかし今回のケースは、あの会場にいた全員があなたの演技を『本物』だと確信したのです。

これほど大きな影響を及ぼす演技をした役者は滅多にいない。さらに、マスコミに紹介され、日本中の人々を感動させたんですよ。あなたは凄い！　ブラボーと言いたいです。ただし、あなたの演じたロボットに一ヶ所だけ『人間』の空気を感じた瞬間がありました。それは、私と目が合った時です。あなたはしばらく私のことを見ていましたよね。やがて目をそらしましたが、あの時だけは、あなたの目が〝何か〟を訴えているように見えたのです。ロボットの目が何かを訴えることはない」

「あぁ、やはり私もただの人間だったんですね。『演じている間は、誰とも目を合わすな』と言われていたのですが、目の前にいる人からじっと見つめられると、どうしても気になっちゃいます。『もしや、バレたのではないか？』と心配で」

「目は口ほどに物を言う、と言いますからね。本物のロボットなら、動揺なんかしないはずですから」

「私も、あの時はあなたが気になっていましたよ」

「私もあなたと目が合った瞬間、お互いに意思疎通をしたと感じました」

「そう思わせたということは、私の負けですね。しょせん人間がロボットになりきるのは無理だということです。ロボットが人間になりきれないのと同じように」

「しかし、私以外の観客たちは全員、カナコさんをロボットだと信じたでしょう。まして、学会の重鎮である古賀教授が自分の開発したＡＩロボットだと紹介したわけですから。しかし、それでも私はあなたがロボットではないことを最初からずっと確信していました。なぜなら、私が初めてあなたを見た時、熱く込み上げてくる恋心が芽生えたからです。ロボットにそんな感情を持つはずがない。つまり、あなたが血の通った本物の女性だという証拠なんです」

それを聞いたカナコは、ニッコリと笑い、私にウインクをしてくれた。

やはり、そうだった！　私の愛した女性は冷たいロボットではなく、感情のある、そう恋愛感情のある本物の人間だったのだ。あぁ、何という幸せだろう！　この世の中は、まだまだ人間社会なのだ。そして私は、ホッとしたという安堵感と、希望に満ちた喜びを心から実感した。

私は山下加奈子の血色の良い、明るい笑顔を見つめて、こう言った。

「いやぁ、あの講演会で、まさかそんな演出があったなんて、全く気づきませんでした。我々は完全に一杯食わされましたよ。それじゃあ、古賀教授も最初からあなたが本物の女性だと知っていたんですね」

「知っていたというか……、その古賀教授が人型ロボットだったんです」

透明人間

作家・柊《ひいらぎ》準二が書くのは、「論理」を最も重視する推理小説である。その作風は、超常的な現象や不可解な犯罪事件の謎を全て論理的に解き明かすものである。著名な作家であるため、この分野の愛好家で、彼の名を知らぬ者はいないほどである。その人物像も作品と同様、極めて現実的かつ合理的であり、物事に矛盾を発見すると、すぐに疑いを持ち、追及するほど徹底している。

倉田南雄《みなお》という男は保険会社に勤める堅実な会社員だが、推理小説のファンであり、特に柊準二の小説を愛読し、その内容に深く共感していた。だから、あのような優れた小説を書く「柊準二」という作家は、一体いかなる人物なのか、ずっと興味を持っていたのである。

その倉田にとって、嬉しい偶然が訪れたのは、昭和末期のある日、東京・神田の古書店においてであった。その店内で、倉田が絶版になっていた海外の推理作家の名著を探している時、彼のすぐ隣で同じ作家の本を手に取っていた男がいた。倉田は内向的な性格で、見知らぬ人間に声をかけたことなど一度もなかったが、彼は自分と同じ趣味の人間がいたことに喜びを感じ、思わず、その男性に「推理小説がお好きですか?」と話しかけてみた。

相手は、倉田の顔を見て、ちょっと迷ったあと、こう答えた。

「ええ、好きですね。しかし、私は読むだけでなく、自分でも推理小説を書くんですよ」

それを聞いた倉田は、意外な展開に興味を抱き、さらに訊いてみた。

「ほう…、作家さんでいらっしゃいますか。失礼ですが、お名前をお聞かせ願えませんでしょうか？」

「柊準二です」

「………」

倉田は一瞬、言葉が出なかった。数秒後、ようやく、その驚くべき事実を把握し、彼は思わず、叫んでしまった。

「えっ、まさか!!　あなたが、あの柊……」

すると相手は、「シッ！　あまり大きな声で言わないでください」と、心配そうな顔で周囲の様子を窺《うかが》っていた。

倉田は、なぜ自分のすぐ隣に立っていた男が、かの有名な作家だと気づかなかったのか？その理由は極めて単純である。柊準二は著名な作家であるにもかかわらず、その人相が世間に全く知られていなかったからである。彼の単行本にも、文芸雑誌にも本人の顔写真が載ったことは一度もなく、テレビ・マスコミの取材も、彼は一切断っていたのだ。その理由は後述されるが、要するに一般の読者たちは柊準二の顔かたちを見る機会が全くなかったのである。ちなみに柊準二は年齢も非公表にしていたが、倉田は柊の小説を読んだ時、この作家はかなり年配の男だと勝手に思い込んでいた。その幅広い知識に基づく優れた内容と構成力、そして文体から伝わってくる余裕感が、かなり人生経験を積んだ人のメッセージに見えたからである。しかし、倉田の隣に立っていた男は、まだ三十前後にしか見えなかった。だから、その男が「柊準二」と名乗った時も、倉田は全く信じられなかったのである。あとで知ったことだが、柊は倉田よりわずか二歳年上でしかなかった。

倉田は、愛読している小説の作家が自分と同年代の人であったことに嬉しい共感を覚えた。そして彼は思わず、柊に「いやぁー、まさかここで、推理作家の先生に会えるなんて！　実は私はあなたの小説の大ファンなんです！」と伝え、作品を読んだ時の率直な感想を熱心に語った。すると、柊も好意的な態度で聞いてくれた。倉田は学生時代から友人が少なく、会社員になったからといって、内向的な性格が劇的に変化するはずもない。まして推理小説を読む人間は周囲に全くいなかった。だから、この分野の小説について徹底的に語り合える友人が欲しいと思っていたところへ、読者ではなく、何と自分が最も愛読している作家ご本人が現れたのだから、倉田の喜びようは計り知れないほど大きかった。二人は同年代だし、言葉を交わすうちに、お互いに同じ波長を感じたので、その後も喫茶店で一緒にお茶でも飲みながら、もっと語り合おうということになった。そして、話すうちに、柊が思ったより気さくで明るい人間なので、倉田は驚いた。小説の内容から言って、この作家は相当気難しい人だと思っていたからだ。

彼らの話題はやはりミステリー小説だった。柊準二の作品は、超常的な犯罪を論理的に解決するものが多いが、倉田はその合理性に感動する一方で、実は幻想的なもの、超自然的なものにも強く憧れていたのだ。だから、柊を尊敬すると同時に、理屈では説明できない超常現象を敢えて示し、この作家に挑戦したいという好奇心も少なからず持っていた。なので、柊準二と、この話題で議論できる喜びに心底感動していた。倉田は、こういう知的な友人が欲しかったのだ。そして、話せば話すほど、冒頭でも書いた通り、柊準二はその作風と同様、現実的かつ合理的な考えを持っていることが判明した。柊の場合、自分が推理小説を書くからこそ、物事にはいくらでもトリックが可能だということを知っていたのだ。むしろ、そう主張するために、敢えて論理的な小説を書いたとも言える。

彼らは、お互いの身の上話もした。倉田南雄は独身の会社員で一人暮らしだと伝えたが、柊準二は自分の素性をあまり話したがらなかった。しかし、倉田も自分のプライバシーに他人を入れたがらないタイプの男なので、柊の気持ちがよく分かるのだ。そもそも、人見知りの倉田が見ず知らずの他人に声をかけることができたのも、柊準二という男に自分と同じ〝匂い〟を感じ取ったからなのだ。だから、二人はお互いの個人的な事にはなるべく触れないようにした。ただ、断片的な話から察すると、どうやら柊も倉田と同じく、独身で一人暮らしのようだった。しかし、柊準二の本が相当売れていることは知っていたし、彼の身なりも上品で立派だったので、倉田は柊が自分よりもずっと良い暮らしをしているのだろうと推察した。

その後も二人は何度も会って、交流する間柄になった。そして数週間も経つと、それまで自分の私生活を閉ざしていた柊も、徐々に開放的な態度に変わり、今や二人はお互いの家を行き来し、何でも打ち解けて話し合える友人になっていた。


二人が知り合ってから二ヶ月が経った四月のある日、柊準二から倉田南雄のもとへ電話が掛かってきた。そして柊は、こんな不思議なことを言ってきた。

「やぁー、倉田君。君はいつか、『子供の頃、何か一つだけ願い事が叶うなら、透明人間になりたいと思っていた』と話していたね。こんどの五月の連休に一緒に異空間に行ってみないか？そこで、君を透明人間に会わせてあげるよ。そして、君自身も透明人間にしてあげる」

倉田は柊準二という男について、その作風と同様、いたって常識的で合理的な考えを持っている人間だと認識していた。ところが、今の話を聞くと、あまりにも突拍子もない内容なので、耳を疑った。

倉田は電話口で訊き返した。

「君はからかっているのかい？」

「いや、僕は真面目だ。実は、異空間というのは、関西にある『異空間』という名称のテーマパークのことだ。もし一緒に来てくれたら、君はきっと、そこである驚くべき事実を発見すると思うよ」

なんだ、そうことだったのか！　それじゃあ、透明人間というのは、何か意表を突いたアトラクションなのかも知れないと倉田は思った。面白そうだ。連休中は特に予定もないし、気晴らしに行ってみるか。

倉田は快く承諾した。

五月三日の憲法記念日。

倉田南雄と柊準二は新幹線で東京から大阪まで向かった。その間、倉田がしきりに透明人間のことを柊に訊いたが、彼は「見てからの、お楽しみ」と言って、決して教えてくれなかった。だから、余計に倉田はワクワクしてしまったのだ。

新大阪の駅から何度も電車とバスを乗り継いで、二人はようやく『異空間』に辿り着いた。

三十を過ぎた二人の大人が、まるで小学生の遠足のように気持ちを高ぶらせながらテーマパークに入って行った。ゴールデンウィークということもあり、館内には家族連れ、若いカップル、そして修学旅行の学生など、多くの観光客で賑わっていた。

二人は、まず『お化け屋敷』に入り、怖い妖怪を見て、ゾッとした。こんどは『蠟人形館』

で、不気味な人形たちを見て、感心した。その後、彼らは様々なショーやパレードを見て、次にジェットコースターにも乗り、思う存分楽しんだ。

そして、一通り全てのアトラクションを見終わったあと、二人は人通りの少なくなった場所のベンチに腰掛けた。

倉田は柊に話しかけた。

「いやぁー、『異空間』というテーマパークは初めて来たが、実に多彩な見世物があって、興奮したよ！」

「そうだろ。僕は前にも来たことがあるが、君は一度も見たことがないと言っていたから、是非、見て欲しかったんだ」

少し間《ま》があいたあと、倉田はこう訊いてみた。

「ところで、君は『異空間』で僕を透明人間に会わせてくれると言ってたね。そして、僕自身も透明人間にしてくれるという話だったが……。しかし、この館内には『透明人間』を見せるアトラクションなんてなかったぜ。一体いつになったら、透明人間を見せてくれるんだい？それとも、あれは冗談だったのか？」

するとと柊は、落ち着いた声で言った。

「僕は確かにそう言った。そして、あれは決して嘘ではなかった。だから僕は約束を守ったじゃないか」

「どういう意味だ？」

「だから、君に透明人間を見せたということだ」

「えっ、どこに透明人間がいたっていうんだ？　あの『お化け屋敷』のことを言っているのか？」

「いや、あの『お化け』はちゃんと見えていた」

「そうだよな。だとすれば、『蠟人形館』のことか？」

「あの『蠟人形』だって、ちゃんと見えていたじゃないか」

「そうか。ならば、ウーン……、あっ、分かったぞ！　透明人間というのは見えない人間だから、僕には見えなかっただけだ、と言いたいんだろ。そんな幼稚な戯言はやめてくれよ」

「僕はそんなことは言っていない。君はさっき、確かに透明人間を見たんだ」

「だから、どこにいたっていうんだ！」

倉田はだんだんじれったくなって、大声で問い詰めてしまった。

すると、柊は冷静に答えた。

「僕たちはさっきからずっと様々なアトラクションを見てきたが、その間に多くの観光客たちとすれ違っただろ。彼らが透明人間さ」

「君は何を言っているんだ？　僕をからかっているのか？」

「僕は真面目だ」

「だって、あの観光客たちには姿かたちがあった。ちゃんと実体があったじゃないか！　どこが透明人間なんだ？」

「それじゃあ、君はさっきすれ違った人たちの顔や服装を正確に説明できるか？」

「………」

「それに、さっきすれ違った人たちと数日後に全く別の場所で会った時、今日見た人と同じ人間だと認識できるか？」

「………」

「我々は先ほどから多くの人々を見てきた。しかし、彼らのことは全く認識していない。アトラクションを見るのに夢中になっていたからだ。恐らく、どこかであの観光客に会っても、今日このテーマパークで見た人と同じ人だとは分からないだろう。それどころか、今日その人を見たこともすぐに忘れる。というより、最初から記憶されない。もう一度言うが、我々はあの観光客たちを見たにもかかわらず、実は彼らのことを全く認識していないんだ。ということは、見なかったことと同じだ。言わば、『見ているのに、見えていない人間』、まさしく透明人間だよ」

　倉田は言葉が出なかった。

柊は続けた。

「彼らだけではない。僕たち二人も、ほかの観光客から見れば、認識されない人間。見えない人間なんだ。仮に我々二人が犯罪を犯して容疑者になったとする。警察官が、今日この『異空間』の館内で我々を見た観光客たちに僕たち二人の写真を見せて、『この二人を見なかったか？』と質問しても、彼らは『見なかった』、あるいは『気づかなかった』と答えるだろう。つまり、我々は透明人間なのさ。僕は電話で、『君を透明人間に会わせてあげる』と言った。そして、『君自身も透明人間にしてあげる』と言った。だから、ちゃんと約束を果たしたよ」

そう言って、柊はにっこりと笑った。

倉田は、隣に座っているこの不思議な男をまじまじと見つめた。初めて柊準二の小説を読んだ時、この作家は只者ではないと思ったが、目の前で本人から今のような話を聞かされると、より一層その気持ちを強くした。このような発想ができるからこそ、あんな凄い小説が書けるのか、と改めて感心してしまった。

倉田は「ウーン」と唸って、青空を見上げた。雲一つない澄み切った五月晴れだ。このテーマパークは混雑していたが、敷地の隅にあるこのベンチの周辺だけは、彼ら二人だけしかいなかった。

柊準二は鋭い目をして言った。

「今、この付近には僕と君の二人だけしかいない。仮に、僕がここで、君をナイフで刺し殺したとしても、僕と君の接点は誰も知らない。それに、さっきも言ったように、他の観光客たちは僕たちの事なんか覚えていない。つまり、ここで君の死体が発見されても、警察は僕と結びつけることはできないいんだ」

倉田はドキッとして、柊を凝視した。一瞬、その場が凍り付いた。しばらく沈黙が続く。

すると突然、柊が笑い出した。

「アハハハ！ 冗談だよ。失敬、失敬。僕はただ、我々の好きな推理小説の場面を作り上げただけさ。第一、僕には君を殺す動機がない。それに、『僕と君の接点は誰も知らない』と言ったのも嘘だ。君の家には、僕の家の電話番号を書いたメモ帳があるはずだし、今日、君が僕と関西の『異空間』に行く予定も、君は友人・知人に伝えていた可能性がある。そうすれば、僕は真っ先に疑われる。こんな穴だらけの犯行はないよ」

倉田も冷静に考えれば、そんなことはすぐに分かったはずだが、柊準二が語った不思議な話を聞いた直後だったので、思わず焦ってしまったのも事実だ。加えて、この作家の持っている不思議な存在感が、話に説得力を増していたのだ。

倉田も悔しいので、「そんなことは、僕にだって分かっていたよ」と強がりを言った。

柊準二も両手を頭の後ろで組んで、天を仰いだ。そして、おもむろに話を続けた。

「それはともかく、人は誰でも透明人間になれるんだ。人間関係の距離が遠いうちはお互いが透明で、距離が縮まるにつれ、徐々に相手の実体が見えてくる。ちょうど、神田の古書店で君と僕が出会った時のように」

倉田は、「なるほど」と思った。

柊は、今度は少し沈んだ表情をして言った。

「しかしながら……、世の中には絶対に透明人間になれない人種というのがいる。それは公人、つまり芸能人、アナウンサー、政治家、スポーツ選手など、常にマスメディアに顔を晒《さら》されている人間だ。彼らは絶対に自分を消すことができない。このテーマパークで、もし芸能人が歩いていたら、見た瞬間にバレバレだ。すぐに存在を認識されてしまう」

「確かに……」

涼しいそよ風が吹いてきた。周りにめぐらされている木々からは、小鳥のさえずりが聞こえてくる。

柊は感慨深い表情をして、こう言った。

「僕がなぜ、こんな話をしたと思う？　それは八年前に二十三歳の若さで芸能界を引退した、ある女優の自叙伝を読んだのが、とても強く印象に残っていたからなんだ。その女優の名前を言えば、すぐに分かると思うが、あえて名前は伏せる。そこには、実に不思議な内容の告白文が書かれていたんだ」

そして、柊準二はその女優の自叙伝と、彼女が活躍していた当時のマスコミの記事を要約した話を、彼なりの言葉で伝えた。

「その女優、仮にA子としよう。A子は幼い頃から愛くるしい顔立ちの少女で、家族はもちろん、友達や周囲の大人たちからも愛されていた。思春期になってからも、A子の美少女ぶりは際立っており、クラスメートはもちろん、町で行き交う赤の他人も必ず彼女を振り返った。そうしたことに対し、彼女は次第に自信と快感を覚えた。それほど彼女には人の心を惹きつける魅力があったのだ。

そして二十歳になったA子は、世にも美しい女性に成長していた。周りの男たちが彼女に言い寄ってきたのは言うまでもない。しかし、彼女はそんなことでは満足しなかった。

〈もっと多くの人々から注目されたい！　そう、日本中の人間から愛されたい！〉

当然だが、真っ先に思い浮かぶのは芸能界だ。A子は自分の美貌とスタイルに自信があった。だから、彼女は女優になり、大スターになれる自信があった。そうなれば、自分は日本中の人々から注目されるのだ。それこそ、自分にとって、最大の幸せだと確信した。『トップ女優になって、日本中に自分の美しさを知らしめたい！』という熱い情熱と信念がA子から消えることは決してなかった。

　そんな時、A子は、『新作映画を製作するに当たり、主演を演じる新人女優をオーディションで募集する』という広告を見た。彼女が、それに応募しないはずがない。そして、A子の美しさと抜群のスタイルは、応募者の中でも並外れており、彼女は見事、二万五〇〇〇人の中から合格し、主役の座を摑んだ。完成された映画において、A子の驚異の美貌とスター性はセンセーションを巻き起こした。彼女はその一作で、一気に時の人となったのだ。その後も、A子には次から次へと映画やドラマの出演オファーが殺到し、その出演作はどれもが大ヒット。もちろん、テレビのCM、トーク番組、バラエティー番組にも引っ張りだこだったのは言うまでもない。さらに電車内の広告にも彼女の写真が何度も使われ、都心の街中には、彼女の顔が映った巨大なポスターが掲げられることも珍しくなかった。彼女は週刊誌やTVの芸能ニュースでも、最も多く取り上げられる女優となった。

　今や、日本でA子を知らない者はいないほどにまで有名になり、文字通り、彼女は『大スター』となった。ついにA子の夢が叶ったのだ。それでは、彼女は最高の幸せを獲得したか？　とんでもない!!　全くの逆だった。なぁ、倉田君。君は日本中の人間が全員、自分の顔を知っているということが、どういうことだか分かるかい？　僕は彼女の手記を読んだ時、恐怖を感じたよ。自宅から一歩外へ出ると、行き交う人々が全員、自分の顔を知っており、こちらを興味深く見てくる。彼女がレストランで食事をしている時も、公園でくつろいでいる時も、デパートで買い物をしている時も、やはり他人の視線を感じる。中には、こちらを見て、友人同士でヒソヒソ囁き合ったり、ニヤニヤ笑ったり……。確かにA子は美人なので、一般人の頃から、道ですれ違う人々が憧《あこが》れの眼差しで彼女を見ていた。しかし、今の状況は明らかに違う。みんな、物珍しいものでも見るような奇異な目つきで、A子を見ていたのだ。女子中高生たちときたら、A子を指さして、『キャッ！　キャッ！』と大声で笑い出す始末。

〈私は笑われる存在？　スターなのに？〉

大人の通行人は少し対応が違う。A子を見た瞬間、すぐに目をそらし、あたかも、『何も見なかった』かのようなフリをする。これは、『あまりジロジロ見たら、悪いな』と気を遣っているのだ。はっきり言って、A子は同情されているのだ。

〈私は同情される存在？　スターなのに？〉

しかも、こちらは相手を知らないのに、相手はこちらを知っている。この得体の知れない不気味さ！　A子は、『怖くて、電車にも乗れなかった』と書いている。さらに外食もできなくなり、買い物もできなくなった。公園の散歩でさえ、周りの視線が気になってできない。変装するという手もあるが、マスク、帽子、濃いサングラスをして、完全防備の状態で歩いていたら、明らかに不審人物であり、別の意味で注目される。第一、指名手配犯でもないのに、何でこんなに苦労をして、自分の人相を隠さなければならないのか？　A子は、こんなことで悪戦苦闘している自分がバカバカしくなった。そして女優という仕事にだんだん違和感を持ち始めた。そういう生活が続くうちに精神的なストレスを感じるようにもなった。A子はついに、仕事の時以外は自宅に閉じこもってしまい、生活必需品はマネージャーに買いに行かせた。

その後も、ストレスは増していき、仕事をキャンセルすることも多くなった。こんな状態では、女優という仕事にも身が入らない。A子はついに芸能活動を一時的に休止することにした。

今や、A子は刑務所に閉じ込められた囚人のように、自宅から一歩も外へ出られなくなってしまったのだ。〈大スターになれば、きっと幸せになれる。そして、世界が広がる！〉彼女はそう確信していた。しかし、今の彼女が安心感という幸せを感じることができるのは、自分の部屋の中だけだ。〈何という狭い世界だ‼　これがスターの生活？〉彼女は、無防備な状態でも自由に外出できた一般人の頃のほうが、いかに幸せで、いかに広い世界であったかを思い知った。

そういったわけで、精神的に参っていたA子は、気晴らしのために、思い切って、山奥の温泉宿まで一人旅をした。しかし、結果は同じだった。旅館の従業員たちも全員、A子の顔を知っていた。彼女を見て、ニヤッと笑う者もいれば、彼女にサインを求めてくる者もあった。

宿泊客も同じだ。

A子が温泉に浸かっていると、すぐ横で湯に浸かっていた中年女性が、

『あらっ、女優の※※さんじゃないですか‼　まさか、こんな所で見られるとは思わなかったわ！』

と言って、たて続けに質問を浴びせてきた。話が長くなりそうだったので、A子は慌てて浴場から逃げ出した。

〈こんな山奥の温泉に来ても、安らぐことができないのか！　これじゃあ、気晴らしどころか、余計に神経を使ってしまい、何の休息にもならないではないか！〉

考えてみたら、当たり前だ。今や、A子の顔は日本中に知れ渡っている。都会も田舎も同じだ。山に行こうが、海に行こうが、川に行こうが、森に行こうが、そこに人がいれば、必ずA子の顔を知っている。人は普通、仕事仲間など、神経を使わなければいけない人間と、全く神経を払わなくてもよい赤の他人とで、心の『オン』と『オフ』を使い分けている。だから、人間関係に疲れた時は、気晴らしに地方まで一人旅でもすれば、そこでは誰も自分のことを知らないので、思う存分、羽を伸ばすことができる。しかし、A子にはそれができない。日本中どこに行っても、A子が会う人、すれ違う人は、たとえ赤の他人であっても、A子のことを何もかも知っている。彼女の顔も、名前も、年齢も、職業も、経歴も、出身地も、身長も、生年月日も、血液型も、星座も、性格も、趣味も、特技も、交友関係も、過去に付き合った男の名前も、その男と別れた理由まで知っている。有名になるというのは、こういうことなのか！　A

子は、とてつもない恐怖を感じた。

〈あぁー、透明人間になりたい!!〉

A子は、心からそう思った。でも、透明人間になれる薬なんてあるはずがない。いや、私はかつては透明人間だったのだ。あの映画のオーディションを受ける前までは、家族や友人・知人以外は誰も自分のことを知らなかった。あの頃は、誰の目も気にせずに、伸び伸びと街中を歩けたし、自由に買い物もできたし、電車にも乗れたし、カフェでお茶も飲めたし、公園で寝っ転がっていても平気だった。昔は何て幸せだったのだろう!! あの頃は、私にとって一番幸せな時代だったのではないか? A子はそう思った。そして、『大スターになれば、最高に幸せになれる』と思っていた当時の自分の考えが、いかに浅はかで、間違っていたかを痛感した。

今や、A子の幸せの定義が完全に逆転した。透明な存在になって、自由と解放感を獲得すること。それが本当の幸せなのだ!! 彼女は、町を歩いている一般の通行人を見て、これほど羨《うらや》ましいと思ったことはなかった。かつて自分が一般人の頃、芸能人を見て、羨ましいと思った時のように……。

〈あぁ、デビューする前の頃の自分に戻りたい。そうだっ、芸能界を引退しよう!〉

しかし、そうしたところで、もう遅い。今のA子の顔はあまりにも有名になり過ぎていたのだ。彼女は絶望感のため、両手で自分の顔を覆ってしまった。その時、彼女にふと、ある考えが浮かんだ。

〈顔を整形する？　世間から『美貌』と言われたこの顔にメスを入れる？〉

しかし、彼女はすぐに首を激しく振って否定した。

〈私の顔は私そのものだ。私の顔が変わるということは、私自身ではなくなるということだ。そんなことには絶対に耐えられない！〉

しかし、今の地獄の苦しみから逃れるためには、それ以外に方法はなかった。A子は二者択一の間で、板挟みになってしまったのだ。もう逃げ場はないのか……。

あぁ、そもそもオーディションなんか受けなければよかった。しかし、時間を過去に戻すことはできない。そう、幸せだった昔の時代に戻ることは絶対にできないのだ。

A子の目から涙がこぼれた。


依然として『引き籠《こも》り』の生活を続けているA子の心の苦しみは、いよいよ深刻な様相を呈してきた。顔はすっかり蒼ざめ、食欲もなくなり、やせ細ってきた。夜も眠れない。単なるストレスの域を超え、精神に異常をきたしているのが自分でも分かる。そして、気が狂いそうになることも多かった。

ある日、A子は自宅マンションの部屋のベッドに横たわっていた。目はうつろで、どこを見ているのか分からない。今自分がどこにいるのかも分からないほど放心状態に陥っていた。彼女は無意識のうちに、こんな事を思った。

〈そうか……、透明人間になれる方法がやっと分かった〉

A子に〝スイッチ〟が入ったのは、この時である。彼女はベッドから起き上がり、十二階のベランダから下へ飛び降りようとした。ちょうど部屋に入って来た女性マネージャーが慌てて駆けつけ、間一髪のところでA子を押さえ、救った。このトップ女優はこの時、美しい顔が引きつり、錯乱したように大声で叫んでいたという。

九歳年上の女性マネージャーはA子に心から同情し、いたわった。そして、A子を病院の精神科に診せることにした。もちろん、そのことは彼女の両親にも伝えた。診察の結果、重篤な状態であり、入院することが望ましいと言われた。A子は抜け殻のような表情のまま、無言で頷《うなず》いた。マネージャーはA子に、『むしろ、安全な場所へ逃げ込むことができますよ』と慰めた。

しかし、そうはいかなかった。入院した病院の医師も、看護師も、患者も、全員がA子の顔を知っていた。入院患者の中には、A子のことを胡散臭い目で見る者もいた。『あんな有名な女優が、何でこんな所に入院しているのか？』という目つきで。

〈あぁー、ここも全く同じだ‼　周りの人間がみんな私の顔を知っている‼〉

A子が病室で、突然狂ったように大声で喚き、暴れ回ったため、慌てて駆け付けた看護師に鎮静剤を打たれることも一度や二度ではなかった。どんなに薬を投与されても同じだ。『周囲の人間が全員、自分の顔を知っている』という状況が変わらない限り、彼女の苦しみは絶対に消えないと思われた。

ある日、担当医がA子にこんなことを言った。

『しばらく、海外で静養なさったらいかがでしょう』

A子は確かに有名女優だが、活動しているのは日本国内だけである。つまり、海外の人々は彼女のことを全く知らないはずだ。何で、こんな簡単なことにもっと早く気づかなかったのか？彼女はあまりにも精神を侵《おか》されていたために、冷静な判断能力すら失っていたのである。

医師は続けた。

『海外へ行けば、誰もあなたのことを知りません。誰の目も気にせずに、自由に、伸び伸びと街中を歩けますよ。そして、そういう生活を長く続けていけば、次第にあなたの精神的な苦しみも消えていくでしょう。なぜなら、あなたの病気の根本的な原因はそこにあるのですから。それでも、まだ良くならないようでしたら、現地の病院にかかってみてください。そして、気持ちが完全に吹っ切れたら、また日本に戻って来られたらいかがでしょう』

A子の目に希望の光が輝いた。彼女は有名になり過ぎたために、逆に苦しみを味わった経緯があるにせよ、彼女がトップスターとしてお金を相当稼いだことだけは確かなわけで、海外で数ヶ月暮らせるだけの蓄えは十分にあった。

病院を退院した彼女は、まず所属事務所に、芸能活動を無期限で停止すると伝えた。海外静養については、彼女の両親も賛成してくれた。


A子が静養先に選んだのはオーストラリアだ。

成田空港で、彼女は『縛られた社会』から、『解放された社会』へと旅立った。長い飛行機の旅の末、現地の空港に降り立ったA子は、思わず、期待感が込み上げてきた。新天地での生活が、いよいよ始まる！

まずは、しばらく過ごすホテルを決め、その後、町に出かけた。

ここの世界では、当然ながら誰もA子の顔を知らない。彼女は誰の目も気にせず、伸び伸びと町中を歩くことが出来た。こんなことは何年ぶりだろう？　こんな単純なことにも、彼女は感動したのだ。そして、自由に外食もショッピングもできた。電車に乗るのも怖くなかった。習い事に行くのも、映画を見に行くのも楽しかった。公園を散歩している時、見知らぬ人に声をかける余裕まで出てきた。いや、お互い見知らぬ人だからこそ、A子は自由に接することができたのだ。

日本にいる時は、『顔を見られたくない』という気持ちから、無意識のうちに俯きながら歩いていたが、オーストラリアでは胸を張って歩いていた。A子はこうして久々の解放感に浸りながら、思いっきり自由な生活を味わった。

〈あぁー、やっと透明人間になれたのだ‼　何という幸せ‼〉

A子は、昔の自分に戻ることができたのが夢のようだった。さらに、彼女はこの大陸の自然の奥地まで足を延ばし、未知の世界への冒険も味わった。ここは気候も良く、広々とした山脈や海を見ると、さらに大きな解放感に浸ることができた。日本にいた時とは、天と地ほども違う心境だ。

この大きな環境の変化により、彼女の病気は次第に良くなっていき、食欲も出てきて、顔もみるみるうちに血色が良くなり、体にも躍動感が戻ってきた。日本にいる時、室内に閉じこもっていた頃と違い、体を動かすことが多くなったのもプラスに働いたようだ。性格も明るさを取り戻したのが自分でも分かる。現地で新しく出来た友人たちとの交流も楽しかった。そして、一ヶ月も経たないうちに、過去に病気であったことが嘘のように、健康そのものの、元気で明るい昔のA子が完全に蘇ってきた。今の彼女は、間違いなく〝幸せ〟であった。そして、ついに『有名人』から『無名人』になった喜びを心から嚙みしめていた。

オーストラリアには数ヶ月だけ滞在するつもりだったが、あまりの幸福感のため、そこから離れられなくなった。

〈どうせ日本に戻っても、自分が精神科に入院したことはマスコミに知れ渡っている。また何だかんだと、色々言われるのだろう。もう、あんな生活は嫌だ!〉

A子は、所属事務所には芸能界を完全に引退することを伝え、両親にも、自分はオーストラリアの永住権を取り、そこで仕事を見つけ、ずっと暮らすつもりだと伝えた。

その後、A子は現地で、ある素敵な白人男性と出会った。当然だが、相手の男性にとって、A子は生まれて初めて見る人だ。A子にとっても、相手の男性は生まれて初めて見る人だ。お互いに何の先入観もないため、彼女は『本当の初対面を感じた』と、大いに感動したそうだ。そして、A子はこの男性を熱愛し、結婚し、子宝にも恵まれ、幸せな生活を送った。

それから数年が経ち、A子はやっと自分の過去を冷静に見つめ直すだけの心の余裕ができたので、自分の過去の体験談を本に書き、それを日本で出版しようと決めた。そこには、今僕が語ったように、A子の身の上に起きた出来事がありのままに書かれている。あそこまで、人に知られたくない部分まで赤裸々に書いたのは、当時の苦しみと、自分が芸能界を引退した本当の理由を、どうしてもファンの人たちに知って欲しかったからだろう」

……しばらく沈黙が続いた……

柊準二の長い話を聞いている間、倉田南雄は胸が張り裂けそうだった。八年前に二十三歳の若さで芸能界を引退した女優と聞いた時から、それが誰なのか薄々感づいていたが、自殺未遂の件を聞いて、確信した。しかし倉田は、今ここでその女優の名前を口に出す気にはなれなかった。彼女の苦悩を考えると、匿名のままにしてあげたいと思ったからだ。柊も同じ気持ちから、ただ「A子」としか言わなかったのだろう。華やかな大スター。彼女はさぞかし幸せの絶頂にいるのだろうと思っていたが、全くの逆だったのか。

倉田もようやく口を開いた。

「あのトップ女優の早すぎる引退は、謎に包まれていた。まさか、そんな単純な理由だったとは……。もちろん、本人にしてみれば、深刻な問題だったのだろうが。僕は客として、スターを見る側だったが、見られる側のスターにそんな苦悩があったなんて、全く知らなかった。いやぁー、本当に意外な話だった」

柊は続けた。

「A子の『透明人間になりたい』という言葉を聞いた時、僕は涙が出てきた。確かに、彼女は人一倍感受性が鋭い女性だったと思うし、これは極端なケースだろう。だから、全ての有名人が彼女と全く同じだとは言わない。しかし、僕は『もし日本中の人間が全員、自分の顔を知っていたら』と想像してみたが、心底怖ろしかった。どんなホラー映画よりも怖ろしかった。これは壮絶な記録だと思う」

「有名になることだけを目指していた女性が、こんどは自分の存在を消すために、必死にもがいていたなんて皮肉だね。僕が子供の頃に、『透明人間になりたい』と言ったのは、単なる遊び半分の気持ちから出た言葉だった。しかしA子の場合は、地獄の苦しみから逃れたいという切実な思いから出た言葉だったんだね」

柊も過去を思い出すように言った。

「A子が女優として活動したのは、わずか三年足らずだったが、それでも我々に強い印象を与えた。同時代に活動した女優の中で、彼女ほど美しい人はいなかった。そして、あれほど多くの人々から愛された女性を、僕は見たことがない。だから日本中のファンが、あのスターの早すぎる引退を惜しんだ。しかし、どんなトップ女優だって、何千、何万の見知らぬ人々から注目されるより、自分の愛するたった一人の男性と結婚するほうが幸せだったんだろう」

遠くのほうから、観光客たちの賑やかな歓声が聞こえてきた。

柊はつぶやいた。

「人間というのは、環境によって大きく変わるんだな。人生観まですっかり変わることもある」

倉田はまた青空を見上げて、言った。

「いろいろあったにせよ、今のA子の気持ちは、この青空のように晴れ晴れとした解放感に満ちているんだろうな」

柊も大きく肯《うなず》いた。そして、明るい表情で言った。

「それにしても、僕たち二人は一般人でよかったね。だって、透明人間になれるんだから。まさに、『凡人、万歳!!』と言いたい。確かに僕は作家だから、公人といえば公人だ。しかし、あの女優の手記を読んだ時、仮に僕の本が売れ、世間に名前が知れ渡っても、僕は絶対に自分の顔を公の場に公表しないと決めた。なぜなら、僕は透明人間になりたかったからだ。もちろん、『柊準二』というのも筆名だ。だから、君が古書店で僕を最初に見た時も、僕が誰だか分からなかっただろ。本当は、君に話しかけられた時、僕は自分の素性を隠そうかと思って、少し迷ったんだが、君は純粋そうな人に見えたし、推理小説が好きだと言っていたから、友達になれると思った。ところで、もし僕の周りに、女優のオーディションに何度も落ちて、絶望して泣いている少女がいたら、僕はその娘《こ》に、A子の自叙伝を読ませようと思っている。そして、こう言ってあげたい。『君は女優にはなれなかったかも知れないが、その代わり、透明人間になれるんだよ』」

彼女の名前

冬木のり子は22歳。

まだ恋人がいないのが悩み。彼女には結婚願望はあるが、仮に好きな人ができて、その人と結婚できたとしても、やはり悩みがある。それは、結婚して自分の苗字が変わるのが嫌だったのだ。愛する男性と結婚できたら、幸せだ。しかし、長年慣れ親しんだ自分の苗字を失うのは不幸だ。彼女は、二者択一の間で悩んでいたのだ。巷《ちまた》では、夫婦別姓を認めるべきだ、という声が高まっていた頃である。

ある日、冬木のり子は町で評判の「占い館」に行き、自分の悩みを全て打ち明けた。

すると、中年の女性占い師は水晶に両手をかざし、しばらく目を閉じていたが、やがて目を開けると、のり子にこう言った。

「明日の午後、代々木公園に行き、そこのベンチに腰かけていなさい。そうすれば、あなたの悩みは全て消え去るでしょう」

翌日の午後。

冬木のり子は代々木公園のベンチに腰かけていた。すると、突然、「今日は良い天気ですね」という声がした。

のり子がハッとして、顔を上げると、目の前に若くて素敵な男性がニコニコ笑って、こちらを見ている。彼は、「隣に座ってもよろしいでしょうか?」と訊いてきた。

のり子は、この男性が好みのタイプだったので、少し赤面したが、はにかみながら、「どうぞ……」と答えた。

男性はそのまま、のり子の隣に腰かけ、彼女に話しかけてきた。彼は世間話から始め、次に自分の身の上話もした。その男性は都内の某一流企業に勤める会社員で、26歳。今日は休日なので、たまたま公園に来ていたのだという。冬木のり子は、彼の話の「ある部分」に共感を覚え、親近感が湧いた。そして、話しながら、彼と波長が合うのを実感し、会話がどんどんはずんだ。

どちらから言いだしたわけでもなく、二人はそのまま渋谷でデートしようという運びになった。そして、彼らは食事をしたり、映画を観たり、ショッピングをして、とても楽しい時間を過ごした。二人は何の抵抗なく、お互いの連絡先を交換し、次回もデートをする約束をした。その後も、二人は何度も何度も会って、親しくなった。そして、冬木のり子は、この男性との愛を深めていったのだ……。

半年後、若い男女はついに婚約をした。

今、冬木のり子は最高に幸せだった。この人と結婚できるのなら、自分の苗字を失ってもいい。むしろ、愛する男性の苗字を名乗りたい、とさえ思った。それぐらい、彼女はこの男性に夢中になっていたのだ。しかし、冬木のり子は結婚しても、自分の苗字を失うことはなかった。なぜなら、その男性の名前が「冬木健三」だったからだ。

冬木のり子は、《運命の赤い糸》の存在を、心から確信した。

その頃、あの「占い館」にいた中年の女性占い師は、独り言を言っていた。

「息子がやっと結婚できてよかった。それにしても、この店に恋愛相談にやって来た娘がウチと同じ苗字でよかったわ」

May she be happy !

光と影

ある場面

【皇后陛下が兵庫県の孤児院を慰問】

この見出しが朝刊の一面に載ったのは、大正十一年八月十九日のことである。

椿原光一はこの記事を見て、こう言った。

「皇族の方々の言動は、常に新聞や雑誌で報じられるばかりでなく、彼らの私生活まで記事の材料にされる。それを思うと、上人でいるというのは、相当なプレッシャーだと思うよ。僕もいずれ貴族院議員になったら、下手なスキャンダルは起こせないな」

「お兄様、そんな話をするのは不謹慎ですよ」

そう言ったのは、彼の妹・椿原麻里子である。彼らは、子爵・椿原慶三郎氏の二人の子供。ありていに言えば、御子息と御令嬢である。兄は二十四歳、現在大学で研究している。妹は十九歳。

ここは、東京・麻布にある椿原子爵邸の一階食堂。現在、御両親が那須の別荘で静養中のため、今朝は二人の子供だけで優雅な朝食を摂っていた。料理人の作るスクランブル・エッグは大変な美味である。そばで女中が慎ましやかに控えている。

妹の麻里子が続けた。

「新聞記事といえば、先日、近衛《このえ》男爵の高子夫人が英国大使館の晩餐会に出席なさった際、『これからの日本は、男女平等化が求められます』とスピーチされたんだけど、翌日の社会面に何て書いてあったと、お思い？」

「そうだね、『前衛的な女性』と褒めたたえたのか？」

「とんでもない！　夫人の写真を載せ、『貴族にありがちな、自信過剰な女。男女平等化より、華族と庶民の平等化が先である』なんて皮肉を書いたのよ。もう、何て言い草？　全く、平民のくせに！」

「仕方ないさ。彼ら民間人は我々華族に対して、不満を持っている。財産に心配はないし、多くの特権を持っているし。だから、新聞社はそういう嫌がらせの記事も書く。かつて、西園寺《さいおんじ》伯爵が文芸雑誌に小説を発表した時も、書評に『金持ちの道楽』と酷評された」

「まぁ、失礼な！　あの人たちは、身分の違いというものを分かっていないのね。非常識だわ。私もこんど新聞記者になって、反論を書いてさしあげようかしら」

「何を言っているんだ。華族の令嬢が新聞記者になるなんて、聞いたことがない。高子夫人は男女平等化を謳《うた》っていたけど、女子は仕事なんかする必要はない。君はただ、毎日を優雅に暮らせばいいのさ」

椿原麻里子は「フン！」と言って、横を向いてしまった。その時、女中が麻里子に紅茶のお代わりを注いでくれた。

発端

その三日後の午後。

先ほど話題に出た近衛男爵の高子夫人が自邸で西洋式の「お茶会」を催した。夫人と親交のあった椿原麻里子もそこへ招待されていた。麻里子は女中に見送られ、玄関を出ると、立派な門から道へ出た。椿原邸と近衛邸は距離が近かったため、彼女は歩いて、「お茶会」に向かったが、そこでは華族の夫人や令嬢たちと大変優雅なひと時を過ごした。のちに、あのような恐ろしい事件に巻き込まれるとも知らずに……。

麻里子が椿原邸に戻ったのは、午後四時頃だった。

彼女は二階にある自室に入り、読みかけの小説を読み始めた。すると、ドアをノックする音が聞こえた。彼女がドアを開けると、そこに女中の種子が立っていた。女中たる者、常に無表情で陰の存在として任務を果たさなければならない。しかし、種子の場合は少し事情が違う。年齢がまだ二十二歳と若く、十九歳の椿原麻里子とはわずか三つ違いだ。当然だが、同年代の女同士ということで、共感する部分が多い。だから麻里子は、何か悩み事がある場合、兄の光一よりは、女中の種子に相談することが多かった。女の姉妹がいない麻里子にとって、種子は姉のような存在だったのだ。しかし、そんな種子でも身分をわきまえている。言葉遣いでも、身のこなしでも、椿原麻里子と自分が接する時は、決して主従関係を崩すことはなかった。今も、令嬢・麻里子と対面した種子は、部屋へは決して足を踏み入れず、一歩下がったところで、丁重に頭を下げ、「お嬢様、お手紙が来ております」と告げた。

椿原家では、麻里子宛てに来た手紙は、必ず父または母が目を通してから、麻里子本人に渡す決まりになっていた。仮に両親が不在の場合でも、とりあえず女中が預かり、親が戻って来た時に、まず親に見せ、許可が下りてから、麻里子本人に渡すことになっていた。親としては、生娘が心配なのか。深窓の令嬢とは、えてして、こういうものなのだ。しかし、前述のように、女中の種子はまだ若く、同年代の女の子の気持ちがよく分かる。だから、麻里子宛てに手紙が来た時も、両親には内緒で、こっそり麻里子に直接手渡してくれた。まして、今は両親が不在なので、なおさら都合が良い。この時も種子は、男から来たらしい手紙を麻里子に手渡す時、言葉遣いは丁寧なものの、一瞬ニヤッと笑ったのだ。麻里子も、その「意味」を察し、「ありがとう、種子さん」と言うと、ニコッと笑った。

女中が退散すると、麻里子はドアを閉め、鍵を掛け、早速手紙を見た。それは封書だったが、彼女は〈オヤッ〉と思った。宛名の「椿原麻里子様」や住所が活字で書かれていたからだ。〈タイプライターで打ったのか？〉裏面を見ると、差出人の名前が同じく活字で「御存知より」と書かれている。ちなみに、麻里子には「遠藤」という同年代の男友達がおり、彼とは時折手紙のやり取りをしている。しかし、彼は必ず、手紙を「手書き」で書く。しかも、差出人の名前も必ず自分の名前を名乗る。「御存知より」などと書いたことは一度もない。〈ハテ、別の人からなのか？〉と麻里子は思った。しかし彼女には、遠藤以外には、これといった男友達はなく、まして「御存知より」などと気取る人物は見当もつかなかった。ちょっと気味が悪いが、とりあえず、中身を確かめた。便箋が一枚あるきりで、そこには、次のような短い文章が、やはり活字で書かれていた。

【昨夜、おまえが入浴している時、俺は浴室の窓の外からこっそり中を覗いていたんだぜ。あぁ、お高くとまっている令嬢の無防備な姿！　おまえの裸体は何て色っぽく、イヤらしいんだ……。男としての欲情が溢れてくるじゃないか！】

麻里子はそれを読むと、ギョッとして、手紙を投げ出してしまった。そして、慌てて、階段を一階に降り、女中の種子を探した。広間に行くと、種子は部屋の掃除をしていた。

麻里子は興奮する気持ちを抑えながら、訊いた。

「種子さん、あの手紙、どこにあったの？」

種子はきょとんとした顔で答えた。

「はぁ、お手紙はいつも、お屋敷の郵便受けに入っております。先ほどのお手紙も同じでございます」

「で、あの手紙は、いつ頃来たの？」

「何時頃に郵便受けに到着したかは存じませんが、私は毎日午前十時と午後三時に郵便受けを確認するよう、仰せつかっておりますので、今日も三時に確認いたしました。すると、先ほどのお手紙が届いておりました。そして、お嬢様が帰宅されたので、そのお手紙をお渡しした次第です」

その答えを聞いて、麻里子は我ながら、何て意味のない質問をしているのだろう、と呆れてしまった。考えてみれば、女中にしたって、あれ以上のことは答えようがないのだ。今の麻里子はあまりにも心が動揺していたため、あんな愚な質問をしてしまったのだ。とりあえず、麻里子は二階の自室に戻り、先ほどの封筒を拾い上げた。よく見ると、消印は同じ区内だ。文字を活字で書くのか……。

（当時は手紙を書く場合、宛名も文面も「手書き」で書くのが普通で、タイプライターを打てる人は少なかった）

麻里子は得体の知れない不気味さを感じた。しかし、両親は現在那須の別荘で静養中のため、当分帰って来ない。兄の光一はいるが、今日は生憎、帝国図書館まで調べものをすると出て行き、夜まで帰って来ないと言っていた。もちろん、この屋敷には使用人がいるが……。

ここで、椿原家に仕える三人の使用人を紹介しておく。

まず、料理人の熊田という男は四十二歳。椿原子爵に仕えて十二年になる。屈強な大男で、風貌が怖い。さらに寡黙で気難しく、いつも鋭い目つきで相手を睨む癖がある。だから、光一と麻里子の兄妹は、この料理人が苦手だ。ただし、料理の腕前は一級品で、その意味では、絶対に辞めて欲しくない存在だ。

二人目は古川という執事。六十八歳の高齢で、三十年以上前から椿原家で働いている。つまり、子爵の二人の子供が生まれる前から、この屋敷にいる古株なのだ。当然ながら、椿原子爵から絶対的な信用を得ている。彼は屋敷全般の仕事以外にも、広い庭園の手入れ、さらに子爵の運転手もこなす。料理人の熊田とは正反対で、背が非常に低い。高齢であるため、耳が少し遠いが、人懐《なつ》っこい性格である。だから、光一と麻里子も、この古川老人が大好きだった。

そして三人目が、先ほど紹介した女中の種子。二十二歳だと書いたが、彼女がここで働き始めたのは四年前、つまり十八歳の時だ。その頃、令嬢・椿原麻里子はまだ十五歳。麻里子にとって、女中の種子が姉のような存在であることは前にも書いたが、思春期の少女にとって、種子は特に面倒見の良い「お姉さん肌」の性格であることも確かだ。甘えん坊の「お嬢様」とは相性が良く、それから四年経った現在でも、麻里子と種子の親密さは変わらない。ちなみに、三人の使用人は、夜は椿原邸の敷地内にある別棟の使用人部屋で寝る。

麻里子は、両親も兄も不在の今は、やはり女中の種子に、あの不審な手紙の件を相談した。現物を見た種子は、「まぁ、何て気味の悪い！　いったい、いつの間にこの屋敷に入り込んだのでしょう？」と顔色を変えたが、「ご家族は不在でも、この屋敷には熊田さんや古川さんという二人の男性がいます。ご安心ください」と慰めの言葉をかけた。

しかし、麻里子は男の使用人に対しても、なぜか不安を感じていた。

夜七時ちょっと前に、ようやく兄の光一が帰宅した。麻里子はさっそく、あの手紙を兄に見せた。

　それを読んだ光一は、深刻な表情をしたが、少し考えたあと、こう訊いた。

「君が風呂に入るのは、いつも何時頃だい？」

「私は、夜七時以降にしか入らないわ」

　光一は、それを聞くと、自信ありげに言った。

「夜になると、この屋敷では必ず門の戸締まりをする。古川執事がそれを忘れたことは一度もない。外部の人間がウチの敷地内に入ることは不可能だ。浴室の窓から中を覗いたなんて話は、ただのハッタリだ。あの手紙は、悪質な悪戯だよ。とにかく、屋敷内には僕がいるし、料理人の熊田さんという屈強な大男もいる。絶対に安全だ。もし心配なら、今度から風呂に入る時は、窓全体にブラインドをかけるんだ」

　麻里子も、兄の言葉を聞いて、いくらかホッとしたが、それでも、あの手紙を読んで以来、風呂に入るのが怖くなってしまった。

展開

　ところが、あの不気味な手紙が単なるハッタリでないことが、二日後になって判明した。その日の夕方、また女中の種子が麻里子の部屋にやって来て、手紙が来たことを告げた。前回のこともあるので、種子は恐る恐る「このお手紙はいかがいたしましょうか？」と訊いてきた。
　麻里子は毅然《きぜん》とした態度で、「いいのよ。見せてちょうだい」と言った。覚悟はしていたが、その手紙を見ると、やはり前回と同じく、宛名も、裏面の「御存知より」も活字であった。麻里子は封筒を開けるのが怖かったが、意を決して中身を見た。便箋には活字で次のような文章が書かれていた。

【俺はおまえのような金持ちが大っ嫌いなんだ！　昼間っから、「お茶会」だと？　ふざけるな！　俺たちは毎日、額に汗して働いてんだぞ！　おまえが「お茶会」に行くために、近衛男爵邸の屋敷に向かって歩いていた時、俺はずっと後ろから、おまえを尾行していたんだ。だから、行き先も分かったのさ。あの時におまえが着ていた青いドレスは相当高いんだろうな。服を一着買うのに、俺たち庶民がどれだけ苦労してると思ってんだ！　言っておくが、おまえがどこに行こうとも、俺にはおまえの居場所が分かっているんだ。そう言えば、夜、おまえが寝る時に部屋で着ていた赤いネグリジェは胸元が大きく開いていたな。窓の外から覗いている俺を誘惑する気か？　ウフフ……】

麻里子は思わず手紙を落とし、その場に倒れてしまった。内容が強烈だった上に、実際に自分を見た者でなければ、知り得ない情報が書かれていたからだ。女中が「お嬢様！」と叫び、体を揺すったが、正気に戻らない。そこで、種子は兄の光一を呼んだ。

光一がやって来て、妹の容体を見たが、すぐにそばに落ちている手紙を拾い上げて読んだ。読み終えた彼は、しばらく考えこんでいたが、とりあえず、種子と二人がかりで、麻里子をベッドの上へ寝かせた。

光一はすぐに階下へ行き、執事の古川を呼んだ。そして、質問をした。

「夜、古川さんが屋敷の門の戸締まりをするのは何時ですか？」

「午後六時でございます」

「朝、門を開けるのは？」

「午前六時でございます」

「ここ数日、夜、古川さんが使用人部屋にいる時に、庭園で何か不審者を見たり、不審な音を聞いたことはありませんか？」

「さあ、特には……。ただ、私は少し耳が遠いので、自信はありませんが……。それに、眠ってしまったら分かりませんし」

光一はしばらく考えていたが、

「どうもありがとう」

と言うと、今度は広い庭園へ出て行った。

そして、ちょうど一階の浴室の外側まで辿り着くと、光一は浴室の窓と地面を交互に見比べたあと、ある事実を知った。次に彼は庭園を進み、二階の麻里子の部屋の窓の、ちょうど真下の位置に来た。そして、視線を地面から二階の窓へゆっくり移動させると、彼はしばらくじっと考え込んでいた。


その夜、食堂で兄妹が二人だけで夕食を摂っている時、光一が麻里子にこう言った。

「あの手紙を書いた人間は、君が近衛男爵邸で開催された高子夫人の『お茶会』に行ったこと、そして、その時の君の服装まで知っている。そいつは、うちの屋敷前で見張っていて、君が『お茶会』に向かったあと、ずっと君を尾行していたと考えられる。だが、君のネグリジェの色まで知っているなんて……。あの手紙を読むと、そいつは君の部屋の窓の外から中を覗いたと言っている。しかし、今日、僕は庭から君の二階の部屋の窓を見上げたが、屋敷の塀には、人がよじ登れるような足がかりはなかった。仮に誰かがウチの敷地内に侵入したとしても、その人物は二階の窓まで辿り着けるはずがないんだ。どうやって塀を登ったのだろう……？」

するると、麻里子は激しく訴えた。

「お兄様、私はなぜ、このような辛い思いをしなければならないのです？　私がいったい何をしたというのです？　手紙の送り主は、なぜあのような不愉快な言葉を書くのです？」

光一はしっかりした口調で答えた。

「あの手紙が、君を恐怖に陥れるために書いたものであることに間違いない。つまり、君に恨みを持っている人間の仕業だ。しかし、君は働いてないし、仕事上のトラブルとは無縁だ。もちろん友人同士の交流はあるが、君は誰からも好かれる性格で、敵など一人もいない。つまり、君に悪意を持っている人間なんているはずがないんだ。だとすれば、あの不気味な手紙を送りつけた理由は、たった一つしか考えられない。それは、我々のような特権階級に恨みを持っている人間による嫌がらせだ。それは、文面からも明らかだ。要するに、君自身というより、華族社会全体に対する復讐だ。とにかく、君はこれから屋敷から一歩も外へ出ないほうがいい。

今、夏なので、夜寝る時は部屋の窓を開けていると思うが、これからは窓は閉じ、内側からロックし、カーテンもしっかり閉めるんだ」

その晩、麻里子はほとんど眠れなかった。翌朝、食堂で朝食を摂っている時も、麻里子は寝不足のため、目がうつろで、食欲がなかった。そして、自然に涙が出てきた。華族の令嬢にとって、生まれて初めて体験する恐怖の出来事だったからだ。麻里子は俯いたまま、両手で顔を覆ってしまった。すると、女中の種子が麻里子のもとへ近づき、こんな言葉をかけた。

「私がお嬢様にお手紙をお渡ししたばっかりに、こんな悲しい思いをさせてしまって……。本当に申し訳ありません」

麻里子は顔を上げると、優しい声で言った。

「いいのよ、種子さん。あなたは悪くないわ」

そして、麻里子は種子を抱きしめた。

しばらくすると、麻里子は潤んだ目のままで、つぶやいた。

「お父様とお母様にも、早く戻っていただきたいわ」

光一も賛成だった。彼は、那須の別荘へ次のような電報を打った。

『マリコニフシンナテガミクル　シキュウキタクサレタシ』

すると、その日の夕方に、父親から、

『スグモドル』

という電報が届いた。

翌日の午後、静養先の別荘から椿原慶三郎子爵と妻の佐知子夫人が、東京・麻布の屋敷に戻って来た。彼らは早速、二人の子供から事情を聞いた。

母親の佐知子は、娘を抱きしめ、「そんな嫌なことがあったの！」と同情した。

手紙の現物を見た父親は、「何て不愉快な手紙だ！　だが、警察はこんなことぐらいでは動かんだろうな」と言った。

実際、当時の法律では、これぐらいのことでは、被害届を出す根拠にはならなかった。人を尾行することは禁止されていなかったし、「浴室の覗き」も「部屋の覗き」も証拠がなく、手紙の文面が出鱈目《でたらめ》である可能性もあるからだ。

その時、佐知子夫人が女中のほうを見て、叱りつけた。

「種子さん、麻里子宛てに来た手紙は本人には渡さずに、私たちが戻って来るまで、あなたが預かっておくようにと伝えていたでしょ！」

それを聞いた種子は返す言葉もなく、

「大変申し訳ありませんでした、奥様」

と俯くしかなかった。

そこへ光一が助け船を出した。

「まぁ、まぁ、お母さん、過ぎたことはいいでしょう。それより、これからどうするかを考えましょう。僕は、一通目の手紙に書かれていた『浴室を覗いた』という話は単なるハッタリだと思ったんです。しかし、二通目の手紙には、実際に麻里子を見た者でなければ知り得ない情報が書かれています。そうなると、一通目の手紙の内容も軽視できません」

そして光一は周囲を見回し、そばに男の使用人が一人もいないことを確認した上で、話を続けた。

「一通目の手紙にあったように、麻里子の入浴中に、何者かが浴室の窓から中を覗いたとします。麻里子に確認したのですが、彼女はいつも夜の七時以降にしか風呂に入らないそうです。しかし、屋敷の門は午後六時に閉められ、鍵も掛けられます。もちろん、プロの犯罪者なら、門をよじ登ることぐらい朝飯前でしょう。しかし、もっと自然な解釈もできるのです。つまり、

『常に屋敷内にいても不自然ではない人物が浴室を覗いた』という解釈です。我々家族以外で、常に屋敷内にいる人間というと……」

「光一、君はまさか」と父親。

「いえ、お父さん。僕はただ可能性を最初から一つ一つ検討しているだけです。使用人は日中は屋敷内にいますし、夜は同じ敷地内にある別棟の使用人部屋で寝ます。あの手紙には、『窓から浴室の中を覗いた』と書かれていました。ウチの浴室の窓は、内側から見ると、それほど高い位置にはありません。当然です。手が届かない場所に窓があったら、窓の開け閉めができませんからね。しかし、今日僕は庭園に出て、浴室を外側から見たのですが、浴室の手前の箇所だけ、他の場所よりかなり深くなっていることに気づきました。つまり、浴室の手前に立つと、自分の体が他の場所より下の位置に来るのです。私はそこに立ってみましたが、浴室の窓がかなり上のほうの位置になってしまい、窓まで顔が届きませんでした。これが『覗き防止』のためにした工夫なのかは知りませんが、いずれにしても、普通の人間では、浴室の窓まで顔が届きません。あの高さまで顔が届くのは、この屋敷内にいる人間の中では、大男の料理人・熊田さんだけです。執事の古川老人では背が低くて、窓まで顔が届かない」

佐知子夫人が口をはさんだ。

「でも、何か台に登れば、誰でも窓に届くんじゃない？」

「もちろん可能です。しかし、わざわざ台や脚立まで持ち出して、風呂場を覗くでしょうか？そんな物を持って、庭をうろついている所を、家族の者や、他の使用人に見つかったら、何て言い訳するんでしょう？」

父親が腕を組んで、言った。

「そう言えば、料理人の熊田は、いい歳をして、いまだに独身だな。確かに彼は不愛想で、何を考えているのか分からない時がある。だが、あの男は実に仕事熱心で真面目な男だ。これまで不祥事を起こした事は一度もない。私には、彼が犯人とは思えんのだが」

家族がこのような話をしている間、麻里子は顔が真っ赤になってしまった。自分の入浴が覗かれているという話だけでも恥ずかしいのに、まして顔馴染みの料理人が自分の裸を見た可能性があると分かったのだから、十代の少女にとっては、ショックなのだ。

光一は言った。

「僕が言ったのは、あくまで仮説で、証拠がありません。今のところ、手の打ちようがないのです。ところで、麻里子。前にも言ったが、風呂に入る時は、必ず窓を閉め、ロックし、ブラインドを掛けること。そして当分は、屋敷から一歩も出ないこと。夜寝る時も、必ず部屋のドアに鍵を掛け、窓もロックし、カーテンをしっかり閉めるんだよ」

しかし、光一が麻里子に指示した防御策も効果がなかったことが、のちになって分かった。

深夜の恐怖

その日の夜、麻里子は久しぶりに家族全員で夕食を摂り、ホッとしたと同時に、楽しい時間を過ごした。

食後、彼女は自室へ戻るため、一階の薄暗い廊下を歩いていた。すると、向こう側から大男がこちらに向かって歩いて来る。料理人の熊田だ。彼が寡黙で気難しいことは前にも書いたが、家族の者に対しても不愛想なところがある。麻里子は、この男とはほとんど口を利いたことがなく、なおかつ浴室を覗いたのが熊田かも知れないと知ったばかりなので、薄暗い廊下でこの怖い顔と鉢合わせになり、ドキッとした。彼女は、こちらに向かって来る熊田の顔をじっと見ていたが、熊田のほうは麻里子のほうを一切見ていないようだった。この大男とすれ違う時、麻里子は心臓が止まりそうだった。しかし、何事もなく、彼の横を通過し、階段付近まで無事に辿り着くと、彼女は一気に階段を二階まで駆け上った。

二階の自室に戻った麻里子は、言われた通り、ドアに鍵を掛け、窓も内側からロックし、カーテンを閉めた。彼女はしばらく本を読んでいたが、やがてベッドに入った。両親が戻ったという安心感からか、昨夜よりも早く寝つけた。そして深く眠っていった……。

眠りながら、麻里子は嫌な夢ばかり見た。そして、ふと何か音がしたような気がして、彼女は目が覚めた。〈今のは、何の音？　まだ夢の中？〉そんなことを考えていると、「コン、コン」と何かを叩くような音がしてハッとした。〈これは夢ではない。現実の音だ！〉彼女はベッドの上で、上半身だけを起こした。すると、また、「コン、コン」と音がした。〈誰かがドアをノックしているのか？　しかし、こんな真夜中に誰が叩いているのか？〉麻里子は不安になった。さらに「コン、コン」という音が続く。そこで、やっと分かったのだが、そのノックの音はドアからではなく、窓のほうから聞こえてくるのだ。麻里子は窓のほうを見たが、当然カーテンが掛かっていて、その奥が見えない。しかし、確かに窓のほうから音がした。窓の外に誰かいるのか？　彼女は冷や汗が出てきた。しかし、ここは二階である。窓の外に人がいるはずがない。そんなことを考えていると、またカーテンの奥から「コン、コン」と音がした。もう間違いない！　窓の外に誰かがいる。そして、窓を叩いている！　だとすれば、そいつは空中を歩ける人間なのか？　麻里子は恐る恐るベッドから起きだし、カーテンの掛かった窓へ近づいて行った。しかし、彼女にはそのカーテンを開ける勇気がなかった。かといって、見ないままでは、気になって眠れない。どうしよう？　しばらく迷っていたが、仮に窓の外に誰かがいたとしても、その窓は内側からロックされている。誰も入って来られないのだ。彼女は思い切って、カーテンをサッと開けた。

……あぁ！　何ということだ!!　窓ガラスの外に見えたのは、極めてグロテスクな《悪魔》の顔ではないか!!

麻里子は「ギャーッ!!」と張り裂けんばかりの悲鳴を上げた。そして腰が抜け、その場に倒れ込んでしまった。

彼女の悲鳴を聞いた兄の光一が、ドタドタと廊下を駆けて来た。そして、麻里子の部屋に入ろうとしたが、当然ドアには鍵が掛かっていて、中に入れない。光一は、ドアを激しくノックし、「どうしたんだ？　麻里子!!　何があったんだ？　このドアを開けてくれ！　僕だ、兄の光一だ！　早く中へ入れてくれ!!」と叫んだ。

しかし、麻里子は腰が抜けたまま、立ち上がることができない。それどころか、声を出すこともできない。しばらくして、彼女はようやく体に力が入り、四つん這いになりながら、ドアへ近づき、手を上に伸ばし、やっと鍵を開けることができた。その途端、部屋へなだれ込んで来た光一は、すぐに電灯を点け、室内を見回した。どこにも異常がないことを確認すると、麻里子のほうを見て、「何があったんだ!?」と問い詰めた。

しかし、麻里子はまだ話すことができない。ただ、震える手で窓のほうを指し、「ま、ま、窓に、あ、あ、悪魔が……」と言うのが精一杯だった。その言葉を聞くと、光一は鋭い目で窓を睨み、すぐにそこへ向かい、ロックを外し、窓をガバッと開けた。外から涼しい風が吹き込んできた。光一は窓の外へ顔を突き出し、左右を確認し、上も下もじっくり見たあと、庭全体も見渡したが、すぐに麻里子のもとへ戻って来た。

彼が「何があったか、詳しく話してくれ」と言うと、麻里子はやっと落ち着きを取り戻し、先ほどの体験を伝えることができた。

光一はしっかりした口調で言った。

「今、窓の外を見たが、誰もいなかった。もちろん、左右の壁にも、上下の壁にも。そして庭全体もよく見たが、人影はなかった。曲者はとっくに逃げ去ったあとだろう。もっと早く部屋に入って来れたら！」

麻里子に、「ドアに鍵を掛けるように」と指示したのが裏目に出たのだ。

それ以来、光一は麻里子に対し、自室のドアを施錠させるべきか、させないべきか、迷ってしまった。しかし、いろいろ考えた末、やはりドアの鍵は掛けさせるべきだと判断した。今回、窓の外に化け物が現れたとはいえ、窓が内側からロックされていたために、麻里子に危害は加えられなかったからだ。曲者を取り逃がすのは悔しいが、麻里子の安全が第一だ。

その後も、連日、深夜になると、麻里子の部屋から悲鳴が聞こえ、慌てて駆け付けた光一が鍵を開けさせるのに手こずり、少し遅れて部屋に入って来るが、室内はもちろん、窓の外にも全く異常がなかった、という出来事が何度も続いた。麻里子も、最初の晩は明らかに、窓を叩く音を聞き、《悪魔》の顔を見た、という確信があったが、その後は、実際にソレを見たり、聞いたりしたのか、それとも幻覚や幻聴だったのか、自信が持てなくなった。

それ以来、麻里子は肉体的にも、精神的にも不安定な状態が続き、家族で食事をしている時も、突然、食堂の窓を指さし、大声で「誰かが窓を叩いている！」「窓の外に《悪魔》がいる‼」と叫んだり、テーブルの上のグラスや食器を滅茶苦茶に壊したり、意味のない言葉を口走ったり、異常な言動が増えていった。

麻里子のそうした状態を不憫に思った両親は、娘を精神科の病院に診せることにした。

その病院は、椿原邸から車で二時間ほど離れた郊外にある。病院へは両親と兄の光一も連れ立った。もちろん女中の種子も、玄関で心配そうに麻里子を見送った。

医師には、麻里子の過去の体験談も話した。診断の結果、「入院が望ましい」と言われ、家族も同意した。病室が空いていたため、その日のうちに入院することが決まった。

麻里子はこれまで病気で入院したことは一度もなく、まして精神科病院への入院など、華族の令嬢にとっては、未知の世界へ足を踏み入れるようなものだった。

母の佐知子が「きっと、すぐに退院できますよ」と慰めると、麻里子は涙が出てきた。

家族がみんな帰ってしまうと、麻里子は狭い病室にたった一人残され、とてつもない孤独感を味わった。尚、彼女の病室は二階だった。

今まで、あの広い屋敷から一度も離れたことのない、世間知らずのお嬢様にとって、狭くて殺風景な病室は監獄のように思われた。夜になり、病室に夕食が運ばれてきたが、屋敷で料理人が作る美味しいディナーに比べると、質素でまずく、彼女は失望した。とにかく、嫌なことは忘れるため、寝るのが一番だと思い、電気を消して眠ることにした。しかし、屋敷にいる時と違って、ベッドが小さく、しかも硬いので、寝心地が悪い。まして、ここは精神科病棟である。他の病室にはどんな人が入院しているのだろうと思うと、不安と恐怖のため、眠れなかった。自分の病室が個室であったのが、せめてもの救いだった。

いろいろ考えたが、結局眠れないので、また電気を点け、家から持ってきた本を読むことにした。ベッドに横になったまま、しばらく本を読んでいると、その本に何か挟まっていることに気づいた。〈何だろう?〉と思い、それを取り出してみると、紙を小さく折り畳んだものだった。それを広げてみると、下手な字で次のような文章が書かれていた。

【今、おまえは病室でたった一人だな。おまえがどこへ行こうとも、俺には居場所が分かっているると言ったはずだ。おまえは、俺から絶対に逃げることはできないんだ！　ちょっと、病室の窓の外を覗いてみな。そこには、あの《悪魔》の顔をした俺がいるぜ。その病室では、誰も助けてくれないぞ、ウフフ……（御存知より）】

麻里子はギョッとした。しかし、振り向いて、真後ろの窓を確認する勇気もなく、ベッドの中で布団をかぶったまま、体がガタガタ震えたが、ついに堪え切れなくなり、彼女は「キャーッ!!」と大きな悲鳴を上げてしまった。驚いて駆け付けた女性看護師が、「椿原さん、どうされたんですか?」と訊くと、麻里子は震える手で、その「手紙」を看護師のほうへ突き出したまま、その場で気絶した。

推理

その頃、椿原邸では、一階の広間で親子三人が、この事件について語り合っていた。

佐知子夫人が脅えた顔で言った。

「麻里子の部屋の窓に《悪魔》が現れたなんて、恐ろしいわ！」

夫の子爵は一笑に付した。

「フン！　この世に《悪魔》なんているはずがない。誰かが《悪魔》を模《かたど》った仮面を顔につけて、脅かしただけだ。子供だましの悪戯だよ！」

しかし、佐知子夫人は異議を唱えた。

「でも、麻里子の部屋は二階ですよ。犯人は空中を浮ける人か、よっぽど足の長い人ということになってしまうわ」

二人の話をじっと聞いていた光一は、少し考えてから、こう言った。

「麻里子は、『深夜、誰かが部屋の窓を叩いている音を聞き、カーテンを開けると、窓の外に《悪魔》のような顔を見た』と言っています。しかし、お母さんの言うように、空中を歩ける人間なんているはずがありません。それに、彼女は『顔を見た』と言っているだけで、人間の全身を見たわけではない。つまり、こういうカラクリだったと考えられます。犯人は窓へは近づかず、《悪魔》の仮面だけを窓に近づけ、その仮面で『コン、コン』と窓を叩いたんですよ」

「でも、どうやって？」と佐知子夫人。

光一は庭のほうを見て、こんなことを言った。

「僕は、執事の古川老人が庭の手入れをしている時、先の長い『枝切りバサミ』で、かなり高い位置にある木の枝を切っているのを見たことがあります。あの『枝切りバサミ』の先っちょに、《悪魔》の仮面をくっつけて、それを二階の麻里子の部屋の窓まで伸ばした、と僕は見ています。二階の高さなら、木の高さとほぼ同じですよ。夜で暗かったので、そこに仮面があるだけで、麻里子は《悪魔》が現れたように錯覚してしまったのです。僕が麻里子の部屋に入るのが遅すぎたため、犯人は『小道具』を下に降ろし、逃げる時間があったのでしょう」

椿原子爵が口を挟んだ。

「では、光一は、執事の古川が犯人だというのか？」

「いえ、そうは言っていません。あの『枝切りバサミ』が裏の物置に置かれていることは、この屋敷に住む者なら、誰でも知っています」

子爵は、まだ不満そうに言った。

「いずれにしても、ウチの使用人か、家族の誰かが犯人だということか？」

「いや、前回の『浴室の覗き』の件と同様、僕は可能性を順番に辿っているだけです」

佐知子夫人が悲しそうに言った。

「でも、なぜ麻里子だけ、あんな恐ろしい目に遭わなければならないんでしょう？」

光一は深刻な顔で答えた。

「僕は麻里子にも直接言ったんですが、この事件は、貧しい人の、富裕層に対する嫉妬に起因しています。特に二通目の手紙には、それを匂わせる言葉がはっきり書かれていました。つまり、我々のような特権階級に不満を持っている人間の仕業ですよ」

子爵が言った。

「すると、平民が華族を恨んでやった事だというのか。ならば、容疑者は無限に広がってしまう。それに特権階級に対する恨みなら、麻里子だけでなく、私や妻、そして光一にも恨みがあるはずだ。というより、華族の人間全員を嫌っているはずだ。なのに、なぜ麻里子だけを攻撃するんだ？」

「そこは、まだ分かりません。ただ、あそこまで執拗に嫌がらせをするのを見ていると、僕は犯人のとてつもない執念深さを感じるんです。そこが恐ろしい。それと、僕は最初から気になっていたんですが、麻里子に来た二通の手紙は、いずれも活字で書かれていました。恐らくタイプライターで打ったんでしょう」

佐知子夫人は少し考えてから、言った。

「犯人は華族の人間に恨みを持つ民間人ね。でも、一般庶民がタイプライターのような高価なものを持っているとは思えないわ」

（大正時代、タイプライターは高額商品で、一般家庭にはまだ普及していなかった）

光一は指摘した。

「手紙を活字で書く理由はたった一つしか考えられません。筆跡を隠すためです。つまり、犯人は我々に筆跡を知られている人物です。こうなると、ますます外部犯の可能性は消えます。そう言えば、お父さんの書斎には、タイプライターが一台置いてありますね」

子爵はムッとして言った。

「何を馬鹿な！　自分の娘に嫌がらせをする父親がどこにいるんだ」

「いえ、そうではなくて、誰かがお父さんのタイプを勝手に使った可能性を考えたんです」

「だが、私の書斎には普段鍵を掛けている。那須の別荘に行っている間も、書斎の戸締まりはしっかりしておいた」

光一は父にこう訊いてみた。

「使用人の中で、タイプを打てる人はいますか？」

「執事の古川は打てる。彼には、仕事の書類をタイプで打たせたことがある。料理人の熊田のことは詳しくないが、あの男は料理以外のことは何も知らんだろう。種子さんには、家事や掃除の仕事しかさせていないし」

佐知子夫人が口をはさんだ。

「種子さんは字が綺麗だから、タイプなんか学ぶ必要はなかったでしょう。以前、彼女に私の手紙の代筆をさせたことがあるので、知っているの。ちなみに、私も麻里子もタイプのことなんか、全然分からないわ。でも、光一は大学の論文を書く時、タイプライターを使うと言っていたわね」

光一は意表を突かれた顔をしたが、すぐに認めた。

「確かに。今、大学は夏季休暇ですが、僕は先日、帝国図書館に行き、そこにあるタイプライターを使って、論文を打ったばかりです。まさか、お母さんは僕を疑ってるんじゃないでしょうね」

「まさか。家族を疑う理由はないわ。それにしても、あたしには麻里子が心配だわ。あの子が病院に入院するなんて、生まれて初めてだもの」

「そういえば、そうだな……」と父親もつぶやいた。

しばらく沈黙が続いた。

光一は最後にこう言った。

「いずれにしても、不審な手紙が送られて来たり、窓から変な仮面が出現したり、これは気味の悪い事件です。しかし、今のところ、警察に届けるほどの事件とは言えません。麻里子の体に危害は加えられてはいませんし。もちろん、精神的なショックは受けていますが……。でも、彼女が今いる入院病棟は医師も看護師もいるから、安全でしょう」

悪報

翌朝、麻里子が入院している精神科病院から椿原家に次のような電報が届いた。

『マリコサンノビョウシツニ　フシンナテガミクル　カノジョノビョウジョウガアッカ』

家族はびっくりし、全員で病院に出向いた。そして待合室で、椿原子爵は看護師に詳しい事情を訊いた。

すると女性看護師が、昨夜の出来事を話し、麻里子さんの悲鳴が聞こえたので、自分が病室に駆け付けると、麻里子さんが紙切れを持ったまま、気絶したこと、そして、すぐに医師が処置をしたので、大事には至らなかったものの、彼女の病状がさらに悪化してしまったこと、そして、麻里子さんが持っていた紙切れに、「誰かが窓の外から病室を覗いている」という内容が書かれていたので、自分が病室の窓を開けて見たが、異常はなく、窓の下にも誰もいなかったことを伝えた。

今、麻里子は病室で、睡眠薬を飲み、熟睡しているという。

看護師は、麻里子が持っていた「手紙」を家族に見せた。それを見た光一は〈オヤッ〉と思った。内容は予想通り、麻里子への嫌がらせであり、文体も含め、前二通の手紙と同じ人物が書いたものと思われるが、たった一つだけ違う点があったからだ。それは、そこに書かれていた文字が今までのように活字ではなく、「手書き」だったということだ。しかも、下手で乱暴な字体だった。光一はそれを見て、ある可能性を考えた。

両親と光一は麻里子の病室を見舞ったが、彼女はぐっすり眠っていた。麻里子が病室でたった一人でいる時に、あんな怖い手紙を見せられたら、どれだけショックを受けただろうと思うと、三人の家族は胸が締め付けられる思いだった。

椿原子爵は医師に、「娘を一人で入院させるのは心配だから、退院させて欲しい」と頼んだ。しかし、医師は「今、麻里子さんの精神状態は不安定です。常に彼女のそばに医師か看護師が待機する必要がある」と言って、却下した。

すると子爵は、「娘は病室で、あんな恐ろしい手紙を見せられたために、さらに病状が悪化してしまった。不審な物を病室に持ち込めるような、警備の甘い病院は信用できない」と反論した。

すると医師は少し考えてから、「では、看護師を一人、麻里子さんの屋敷に常駐させるなら」という条件つきで、退院を許可した。

わずか一日だけの入院生活とはいえ、麻里子にとっては辛い体験だった。

医師の指示通り、病院から女性看護師が一人、椿原邸へやって来て、空き部屋で寝泊まりすることになった。


その日の夜、子爵の立派な屋敷では、夕食が終わると、広間に五人の人物が集まっていた。椿原夫妻と光一は重い表情だ。麻里子はまだ衰弱しているが、看護師に付き添われながら、ソファに座っている。子爵は、三人の使用人を広間へ呼んだ。そして、彼らにこう告げた。

「このところ、麻里子に対する嫌がらせが続いているのは、知っての通りだ。今晩も油断はできない。麻里子が寝たら、君たちで庭園と屋敷内を見回って欲しい。特に二階の麻里子の部屋の前の廊下には、三人のうち、常に誰か一人が見張っているようにしてくれ」

三人の使用人たちは了解した。

光一は麻里子に向かって、こう言った。

「この間、君の部屋の窓に《悪魔》の仮面が現れた時、僕は君を助けるため部屋に入ろうとしたが、ドアに鍵が掛かっていて、入れなかった。そのために、庭にいる犯人を確認できなかった。最初は、ドアに鍵を掛けたほうが安全だと思って、君に施錠するように指示したが、今度は絶対に庭にいる犯人を窓から見極めたい。だから、何かあったら、僕がすぐに君の部屋に入れるように、今夜は寝る時、君の部屋のドアの鍵を開けておいて欲しいんだ」

それを聞いた麻里子は、「えっ…」と言って、恐怖に満ちた顔をした。

しかし、光一はしっかりした口調で言った。

「大丈夫だ。窓を内側からロックすれば、出入口はドアだけだ。さっき、お父さんが言ったように、君の部屋の前の廊下には、常に使用人の誰かが見張っている。それに、僕だって、同じ二階にいるんだから」

しかし、それでも麻里子は不安そうな顔をしていた。

大捕物

その日の深夜。

ここは椿原邸の二階にある麻里子の部屋。電灯は消され、彼女はぐっすり眠っているようだ。

室内は真っ暗でシーンと静まり返っている。防犯のためとはいえ、夏なのに窓を閉め切っているので、とても暑い。

しばらく静寂が続いた。すると、廊下から、「コトコト」という静かな足音が聞こえた。その足音は、明らかに麻里子の部屋へ近づいて来る。足音がドアの前で止まった。足音の主は室内の様子を窺《うかが》っているいるようだ。光一が指示した通り、麻里子の部屋のドアには鍵が掛かっていない。そのため、廊下に立っていた人物は簡単にドアを開け、麻里子の部屋へ入ることができた。その人物は室内に入ると、すぐに内側からドアの鍵を掛けた。誰も助けに来させないためだ。そして、その人物はベッドで寝ている麻里子をじっと見つめた。しかし、どんな表情で見つめていたかは分からない。なぜなら、その人物の顔には《悪魔》の仮面がつけられていたからだ。そう、かつて麻里子が窓の外に見た、あのグロテスクな《悪魔》と同じ顔だ！

この曲者は足音を忍ばせ、徐々にベッドに近づいて行った。室内が真っ暗な上に、麻里子は布団を口元まで掛けていたので表情ははっきり確認できないが、寝息も聞こえるし、ぐっすり眠っていることは確かだろう。曲者はそれを確認すると、そうっとベッドに上がり、麻里子の体の上にまたがった。そして、いきなり彼女の首に手を回し、力強く絞めつけた!! すると、麻里子はすぐに目を覚まし、曲者の手を振りほどき、起き上がった。そして相手を突き飛ばした。曲者は意外に弱く、あっけなく後退した。それだけでなく、意表を突かれ、うろたえているようだ。麻里子はさらに曲者に向かって行き、相手の体を摑み、女とは思えない強い力で曲者をねじ伏せ、そのままベッドの下へ突き落とした。曲者は何かを悟ったかのように、その後は一切抵抗せず、観念してしまった。

麻里子はゆっくりドアのほうへ行き、電灯のスイッチを点けた。しかし、そこに立っていたのは麻里子ではなく、何と兄の光一だった。そう、先ほどからベッドで寝ていたのは光一だったのだ。明るくなった室内に静寂が戻った。光一は息を整えると、床で仰向けに横たわっている曲者へ近づいて行った。そして、ゆっくりと曲者の顔から《悪魔》の仮面を外した。そこに現れた顔を見て、彼は納得したように言った。

「君の正体は分かっていた。だが、なぜこんな事を……」

そして光一は、ぐったりとなった女中の種子の顔をしっかりと見下ろした。

真相

当時の貴族と平民の格差は、我々が思っている以上に大きかった。

女中の種子は下町の貧しい家庭に生まれた。子供時代、小学校に行きながら、両親と共に仕事で生活を支えなければならなかった。思春期になり、同年代の上流階級の少女たちが楽しそうに名門女学校に通っている間も、種子の家では上の学校に行くお金がなく、依然として、この少女には過酷な労働が続いた。そんな境遇の種子にとって、片時も忘れない疑問があった。それは、〈同じ人間なのに、なぜ生まれた時から身分が決まっているの？〉というものだった。種子は学校には行かなくても、学問には興味があり、仕事がない日は、町の図書館へ行き、ひたすら多くの本を読みふけっていた。しかし、どんなに難しい書物を読んでも、「身分の違い」に関する明確な答えは載っていなかった。ちなみに、種子の家では新聞を定期購読する余裕もなかったが、図書館では、新聞を無料で読めるのが助かった。ある日、種子は新聞記事に「女性の時代」という見出しを発見した。詳しく読むと、次のような内容が書かれていた。

【我が国も今後は欧米並みに、女子が職場に進出し、能力を発揮する時代が訪れるであろう。特に会社では、タイプライターの技術を持つ女子が重宝される】

種子はその記事を見て、明るい未来を予感した。これを習得すれば、将来仕事の役に立つのではないか？　幸い、親戚の叔母がタイプライターの塾を始めたばかりで、種子は叔母に入塾の希望を伝えた。貧しい種子を不憫に思った叔母は、種子に無料でタイプを教えることを約束した。こうして仕事の合間に塾に通った種子は徐々にタイプの技術を会得していき、ついにタイピストの資格を取得した。これが、のちに、あのような悪い目的で使われるとも思わずに……。

タイピストの資格があるとはいえ、学歴のない種子に、良い就職先を見つけるのは難しかった。

十八歳になった種子は、とりあえず椿原子爵邸での女中の仕事に就いた。何一つ不自由なく育った「お嬢様」の機嫌を取らなければならないことは事前に覚悟はしていたが、いざ仕事に就くと、自分より若い十五歳の少女を「お嬢様」と呼ぶのは相当辛かった。種子だって、まだ多感な十代の少女だったからだ。もちろん、子爵夫妻も光一も裕福な華族の人間である。しかし種子にとっては、自分と同年代の少女である麻里子があまりにも贅沢三昧の生活をしているのが特に強烈に響いたのだ。華族女学校への行き帰りも、車で送り迎え。そのたびに、種子は「行ってらっしゃいませ」と言わなければならない。以前から劣等感を持っていた「身分の違い」が、さらに種子に重くのしかかって来た。すぐそばにいる同年代の女の子なのに、自分とは全く違う世界の人間なのだ！　そしてその少女と毎日、顔を合わせなければならない。しかも、椿原麻里子は種子のそばで、何のためらいもなく、「平民、平民」という言葉を連発する。そのたびに、種子の心に〈ドスン！　ドスン！〉と重く響いて来た。その後、種子は四年もの間、表向きは忠実な女中を演じながらも、心の中では、麻里子に対する激しい憎しみを募らせていった。

ある朝、屋敷に両親が不在で、兄と妹だけで優雅な朝食を摂っている時、椿原麻里子は高子夫人のスピーチを批判した新聞記事を取り上げ、またしても、「全く、平民のくせに！」と叫んでしまったのだ。種子にとって、この言葉が怒りを我慢する限界であった。

種子の計画は、幸せな令嬢・麻里子を精神的に徹底的に痛めつけるというものだった。まず、麻里子のもとに不審な手紙を送りつける。そこには、「男が麻里子の入浴を覗いている」という内容を書いた。それも、わざと乱暴な男言葉で。それを見た麻里子はどんな反応を示すだろう？　それを想像すると、種子は嬉しくて仕方なかった。種子は十代の頃、図書館で多くの書物を読んでいたため、「筆跡」によって、人物を特定できることも知っていた。椿原家の者には種子の筆跡が知られている。時折、佐知子夫人が種子に手紙の代筆をさせていたからだ。筆跡を隠すために、タイプライターの技術があったことが、こんな時に役立ったのだ。屋敷内の子爵の書斎にタイプライターが置かれていることは、女中なら当然知っている。ちょうど子爵夫妻が那須の別荘で静養中のため、屋敷に不在だった。このチャンスを逃す手はない。書斎に鍵が掛かっているとはいえ、室内の掃除や換気を任されている女中は、書斎の鍵も持たされる。種子は部屋を掃除する際、ドアを閉め、鍵を掛けた上で、「手紙」をタイプで打った。なるべく光一や麻里子のいない時にするのは当然だ。執事の古川老人は耳が遠く、書斎のドアを閉めてしまえば、タイプを打つ音は聞こえないだろう。料理人の大男・熊田は三度の食事を作る時以外は、別棟の使用人部屋へ引っ込んでしまうことが多いので、助かった。

種子がかつて図書館で読んだ本の中には、探偵小説も含まれていた。その時に、「指紋」から犯人が特定されることも知った。その彼女が、タイプを打つ時に手袋をはめたのは言うまでもない。

一通目の手紙は「こて調べ」だったが、思ったより効き目があったので、種子は手紙攻撃を続けた。二通目の手紙には、実際に椿原麻里子を見た者でなければ知り得ない情報を伝え、さらに恐怖を加えた。「金持ちに恨みを持っている」という情報を書くと、犯人が特定される危険性もあったが、種子はどうしてもこのメッセージを麻里子に伝えたかったのだ。乱暴な男言葉で書いたのは、犯人を男だと思わせるためだが、実際、あの露骨で感情的な言葉は、種子の心の中に激しく燃え上がっていた「真実の言葉」でもあった。

麻里子が「お茶会」に向かった時、玄関でお見送りをした女中の種子が、麻里子の服装も、その行き先も知っていたのは当たり前だ。麻里子のネグリジェの色や胸元が大きく開いているデザインまで知っているのは、実際に麻里子の部屋に入ったことのある者だけだ。使用人のうち、女性の部屋に入り、衣服の整理まで任されるのは、女の使用人だけである。麻里子は、外出する時の服装まで知っている不審者がいると知れば、外を歩くのも怖くなるだろう。さらに、彼女のネグリジェの色まで知っていたとなると、誰かが窓の外から自分の部屋を覗いているのではないかと不安を感じる。これは、その後に起きる、窓の外に《悪魔》が現れる事件の信憑性を増すための伏線でもあった。と同時に、一通目の手紙に書かれていた「浴室の覗き」も単なるハッタリではない、と思わせる効果もあったのだ。

深夜、麻里子の部屋の窓の外に《悪魔》の仮面が見えたのは、光一の推理通り、裏の物置に置かれていた「枝切りバサミ」を使った。光一が麻里子に、「夜寝る時は、部屋のドアに鍵を掛けるように」と指示していたのを、女中の種子はすぐそばで聞いていた。だから、仮に麻里子が深夜に悲鳴を上げても、光一はすぐには部屋に入れず、種子は「小道具」を降ろして逃げる時間が十分にあると踏んだのだ。しかし、種子がこの《悪魔》を窓に出現させたのは、その後一回きりであり、麻里子が連日同じような被害を訴えたのは、彼女自身の妄想であった。それぐらい、麻里子の精神的ダメージは深刻だった。そして、こうなることこそが、種子の目的だったのだ。

麻里子が精神科病院に入院させられるのも、種子の計算通りであった。

種子は、入院先へ向かう麻里子を見て、こう思った。

〈広いお屋敷で、優雅なお食事ばかりしているあなたも、狭い病室にたった一人取り残され、質素でまずい食事を食べさせられたら、きっと平民の気持ちが分かるでしょう。そう、あなたがさんざん馬鹿にした平民の気持ちが‼〉

麻里子が入院先に持っていった本に、不審な「手紙」が挟まっていたのも、種子が事前に入れたもの。女中が掃除などで麻里子の部屋へ入ることは珍しくない。種子は、麻里子の机の上に読みかけの本が置かれているのを見た。一人寂しい入院生活になるのだから、麻里子が病院にその本を持っていく可能性は大きいと踏んだ。病室の窓に《悪魔》など出現させなくても、その時、麻里子の病状は既に重篤であり、手紙の「文面」を見せるだけでも、麻里子に極限の苦しみを与えることは可能だった。それ以前に、麻里子は屋敷の自分の部屋の窓に《悪魔》を見ていたので、それが「すり込み」になっていたのだ。尚、麻里子が病院で見た手紙が、前二回と違い、「手書き」で書かれていたのは、その頃には既に椿原子爵夫妻が静養先の別荘から東京の屋敷に戻って来ており、種子は子爵の書斎に侵入するのが難しくなり、タイプライターを使うことができなかったからだ。ただし、「手書き」で書くにしても、筆跡を隠さなければならないため、わざと下手で乱暴な字を書いた。光一は手紙の「字の違い」と、両親が東京の屋敷に戻って来た時のタイミングを照らし合わせ、前二通の手紙は、犯人が父親の書斎でタイプを打って書いたもので、三通目は犯人が書斎に入れず、タイプを使えなかった、という結論に達し、さらに内部犯の可能性が高いと確信したのだ。

その光一は、最初から推理を着々と進めていた。

一通目の手紙に書かれた「浴室の覗き」は単なるハッタリの可能性が高いと思ったが、二通目の手紙に、実際に麻里子を見た者でなければ知り得ない情報が書かれていると知り、犯人はかなり絞れると思った。家族の中に、麻里子を苦しめる者がいるはずがない。光一が前に語ったように、麻里子は仕事上のトラブルとは無縁だ。光一は最初、特権階級の人間全体に恨みを持っている者の仕業だと考えた。しかし、あそこまで執拗に麻里子だけを狙っているということは、やはり麻里子自身が標的なのは間違いなかった。しかし、麻里子が交流している友人たちは、彼女と同じく華族、または資産家の令嬢ばかりだ。男友達も同じ。したがって、彼らは「富裕層を恨んでいる者」という犯人像と合致しない。かといって、麻里子は中流階級以下の人間とは一切交流していない。では、貧しい赤の他人が富裕層を狙ったのか？　だとすれば、なぜ麻里子だけを攻撃するのかが分からない。それに赤の他人が、麻里子のネグリジェの色や細かいデザインまで知っているわけはない。手紙には「犯人が窓の外から麻里子の部屋を覗いた」と書かれていたが、仮に他人が椿原家の敷地内に侵入できたとしても、屋敷の塀をよじ登り、二階の窓まで辿り着くことができないことは、光一は既に確認している。その手紙に「麻里子が『お茶会』に行くために、近衛男爵邸に向かって歩いている時、犯人が麻里子のあとを尾行していたため、その時の麻里子の服装も、彼女の行き先も分かった」という内容が書かれていたが、あれにも違和感がある。確かに、犯人が麻里子を後ろから尾行していれば、その時の彼女の服装も、その行き先も分かっただろう。しかし犯人が、麻里子が近衛男爵邸に到着したところまでは確認できても、部外者はその屋敷内に入ることはできないため、邸内で高子夫人が「お茶会」を開いていたことまでは分からなかったはずだ。にもかかわらず、犯人は手紙の中で「お茶会」という言葉をはっきり使っている。

以上の点から、犯人が手紙に書いた「窓から麻里子の部屋を覗いた」という話も、「道で歩いている麻里子を尾行した」という話も狂言だと、光一は確信した。さらに、手紙をタイプライターで打ったり、わざと下手で乱暴な「手書き」で書いて、筆跡を隠したという事実も加えると、犯人は「赤の他人」ではなく、麻里子の私生活を熟知している身近な人間であることは決定的となった。

そこで光一は、犯人像について次のような結論を出した。

①富裕層に恨みがある者
②麻里子に近しい人物
③外部犯を装った内部犯

その結果、椿原家に仕える三人の使用人が浮上した。

まず、使用人は華族に比べ、社会的地位が低く、身分社会に不満を持っている可能性がある。

麻里子に来た不審な手紙に関しても、使用人なら椿原家の住所を知っている。

使用人なら、麻里子が「お茶会」に行ったことや、その時の彼女の服装を知っていても、おかしくない。

使用人なら、夜も椿原邸の敷地内にいるので、庭から浴室の中を覗けるし、庭から二階の窓に《悪魔》の仮面を出現させることもできる。

まず、執事の古川老人はタイプライターを打てる（椿原子爵の証言による）。そのため、犯人の条件の一つを満たしている。しかし、「浴室の覗き」に関しては、光一が推理したように、古川執事は背が非常に低く、浴室の高い窓まで顔が届かない。さらに、深夜、犯人が庭から二階の麻里子の部屋の窓に《悪魔》の仮面を出現させた事件でも、この老人は耳が遠く、光一が麻里子の部屋のドアをノックする「音」や、慌てて室内に入り込む「足音」を確認できないため、その場から逃げるチャンスを失う可能性がある。彼がそんな危険な橋を渡るとは思えない。しかも、この時、光一が窓を開け、外を確認する前に、〈仮面〉を窓から下に降ろし、素早く庭園から逃げ去る俊敏さは「若者」を示している。何よりも、動機の面であり得なかった。なぜなら、この執事は三十年以上にわたり椿原家に忠実に仕えている人間だ。麻里子が生まれた時から、彼女に対し、親身になって接してきており、実際、麻里子から好感を持たれていた。彼が二十年近くも「嘘の演技」をしていたとは考えられない。そもそも、六十八歳の高齢にもなって、今ごろ金持ちに嫉妬するとは思えない。彼が富裕層に嫌がらせをするとしたら、もっと若い頃にしていたはずだ。

料理人の熊田は、普段は家族の者に対しても不愛想な所があるし、密かに身分社会に不満を持っていた可能性はある。実際、光一が推理したように、浴室を覗くことができるのは、大男の熊田だけだし、寡黙で暗い中年の独身男が、少女の裸体を覗きたいと思う気持ちは、想像に難くない。しかし、そうなると、憎しみではなく、愛着である。仮に熊田が富裕層を恨むなら、麻里子だけでなく、家族全員を狙うだろう。それに、あの武骨な男が、いちいちタイプライターで手紙を書いて送ったり、《悪魔》の仮面を窓に出現させるなどという小細工をしているところは想像できない。あの大男なら、嫌いな人間を思いっきりぶん殴るだろう。

消去法でいくと、女中の種子だけが残った。

しかし光一には、最初それが信じられなかった。麻里子が姉のように慕っていた種子が犯人だなんて！　しかし種子だって、二十二歳の女性。まだ若く、血の気が多い年代だ。どんな感情を心に秘めているか分からない。種子が貧しい家の出身だということは、光一を始め、家族全員が知っていた。身分の低い女が、上流階級の女に嫉妬するという構図は容易に思い浮かぶ。一般的に言って、男が嫉妬を感じるのは男であり、女が嫉妬を感じるのは女である。異性に嫉妬を感じるケースは珍しい。種子と麻里子は「同年代の女同士」ということで、光一にはピンと来た。種子には学歴がないが、光一はこの女中の言動から、頭の良さと仕事の有能さを感じ取っていた。彼女なら、タイプライターに熟達していても、何ら不思議ではないし、彼女なら、あのような緻密な計画を立てることも、それを実行することも可能だと思われた。しかも種子は、〈富裕層に恨みのある者〉で、なおかつ〈麻里子に近しい人間〉という条件に当てはまる。使用人の中で、種子は最も麻里子に近い存在であった。〈外部犯を装う〉というトリックも、知能犯である証拠であり、種子を指している。

考えてみれば、一番最初に来た手紙に書かれていた「男が麻里子の入浴を覗いた」という話も腑に落ちない。少女の裸体を覗くことが目的ならば、覗いた時点で目的は達成されているわけで、それをいちいち本人に報告する必要はないからだ。もし、浴室を覗いた事実を手紙で麻里子に知らせたら、相手に警戒され、次回から「覗き」が困難になってしまうではないか。つまり、犯人にとっては、「覗き」そのものが目的ではなく、手紙の文面を見せつけ、麻里子を精神的に痛めつけることが本当の目的だったとも言える。ならば、犯人は「女」の可能性もあるし、実際には浴室など覗く必要はなかったのである。二通目の手紙の「夜、窓の外から、麻里子の部屋を覗いた」という話も、三通目の手紙の「精神科病院で、窓の外から麻里子の病室を覗いた」という話も、同じ理由によって、実際には部屋を覗く必要はなかったのだ。

光一は種子に目星をつけた。だが、証拠がない。第一、種子の行為は悪質だが、警察に届けるほどのことは何もしていないのだ。しかし、今後も種子の嫌がらせが続けば、麻里子の精神的な病は快復不可能な域にまで達してしまう。どこかで種子が犯人である証拠を摑み、この事件に決着をつけなければならない。

そこで、光一はこんな作戦を考えた。

麻里子が病院から退院した夜、屋敷の広間に全員が集まった時、光一はわざと種子がいる場で、麻里子に「今夜は寝る時、君の部屋のドアの鍵を開けておくように」と指示する。父親にも、使用人たちに「今夜、麻里子の部屋の前の廊下には、常に使用人のうちの、誰か一人が見張っているように」と指示してもらった。

それを聞いた種子は、さぞかし喜んだだろう。ドアに鍵が掛かっていなければ、彼女は簡単に麻里子の部屋に入ることができるからだ。しかも、種子が麻里子の部屋の前の廊下をウロウロしているところを見つかっても、「命じられた通り、麻里子様のお部屋の前を見張っていただけ」と言い訳ができる。そして、種子にそう思わせることが、光一の目的だったのだ。

光一は、その夜、種子がきっと麻里子の部屋に侵入し、彼女に嫌がらせをするだろうと確信した（まさか、首まで絞めるとは思わなかったが）。そこで、光一はこっそり麻里子に「今夜は、僕の部屋で寝るように」と指示し、光一は麻里子の部屋で寝た。兄妹の「入れ替え」のトリックを使ったのだ。そして光一は麻里子の部屋でベッドに入ると、布団を顔のあたりまでかぶった。

種子は、ちょうど自分に麻里子の部屋の前の廊下を見張る順番が来ると、密かに持ってきた《悪魔》の仮面を顔につけ、やすやすと麻里子の部屋に入った。すぐに内側からドアに鍵を掛けたのは言うまでもない。前回は、遅れながらも、麻里子が内側から鍵を開け、光一を室内に入れることができた。しかし、今回は種子自身が部屋の中におり、麻里子を押さえつけるつもりだったので、誰も外からドアの鍵を開けられない。ちなみに、種子が逃げる時は、ドアから廊下に出ると危険なので、持参した「縄梯子」を窓から降ろし、下の庭へ脱出するつもりだった。

種子は麻里子の首を絞めたが、殺すつもりはなかった。女の力では、人間を絞め殺すことはできない。というより、種子は最初から麻里子の命を奪うつもりは毛頭なかった。ただ、恵まれた「お嬢様」を精神的に苦しめたかっただけなのだ。度重なる不気味な手紙、窓の外に現れた《悪魔》、そして今度は目の前にいる《悪魔》が自分を絞め殺そうとしている！　そう思っただけでも、麻里子の恐怖は絶頂に達し、狂気のどん底に落ちていくだろう。それが種子の究極の目的だった。尚、種子が何度も恐ろしい《悪魔》の仮面を麻里子に見せつけたのは、相手に恐怖を与えるため、そして自分の人相を隠すためであるが、一番大きな理由は、「今の私の感情は、このグロテスクな《悪魔》の顔のように、激しい怒りに燃えているのだ！」というメッセージを麻里子に伝えるためであった。

しかし、種子が麻里子の首を絞めた途端、相手が男のような強い力で反撃してきたので、種子には何もかも分かった。そして、その後は一切抵抗をやめ、観念した。

あのあと、種子は光一に、過去の犯行は全て自分がやったことだと認め、犯行動機も素直に話した。そして彼女は床にひれ伏し、「どうか、お許しください‼」と詫びて、延々と泣き続けていた。

犯人が種子だと分かった時の、麻里子の多大な驚愕は言うまでもない。しかし麻里子にとっては、それ以上に、「種子さんが自分のことを、そんなふうに思っていたのか」という驚きのほうが、はるかに大きかった。

〈まさか、あの種子さんが！　姉のように慕っていたのに……〉

尚、種子は麻里子を恨んでいたと書いたが、姉妹のいない種子にとって、麻里子がかわいい妹のような存在であったことも、また事実だった。三歳違いと言えば、実際の姉妹のようなものなのだ。種子は、お嬢様育ちの麻里子の「わがままさ」を憎む気持ちがあった半面、その「わがままさ」をかわいいと思うこともあった。種子は、麻里子に対し、憎しみと親しみが交互に生まれるという不思議な感覚に見舞われた。「多重人格」とまでは言わないが、劣等感を持ちながら仕事をしていた種子が、常に情緒不安定であったのは確かである。ある日、朝食での麻里子の不用意な「発言」が、種子の心に火をつけてしまった。そこで突発的な感情が生まれ、あのような恐ろしい計画を考案し、実行し、それがエスカレートしてしまったのだ。そのことに対し、種子は心から反省し、後悔していた。

犯行が暴露された夜、種子は麻里子に合わせる顔がなかった。麻里子も事件の真相にショックを受け、自室から一歩も出られない状態が続いた。その結果、この二人の女はしばらく顔を合わせることがなかった。

客観的な事実を見ると、種子が麻里子に送りつけた手紙は、相手を恐怖に陥れる内容だが、金の要求も、脅迫もなく、罪には問われない。「浴室の覗き」は軽犯罪だが、実際には種子は何も覗いていない。麻里子の部屋の窓の外に《悪魔》の仮面を出現させたのも、相手に危害を加えたとは言えず、刑事罰の対象にはならない。ただし、麻里子を精神的な病にまで追い詰めたことにより、損害賠償を求められる根拠にはなる。しかし、最後に種子が麻里子（実は別人）の首を絞めたのは、殺人未遂に当たる。

しかし、椿原子爵は、種子がまだ若いこと、彼女が貧しい境遇で育ち、犯行の動機にも酌《く》むべき点があること、本人が十分に反省していることを考慮し、あくまで「若気の至り」であったとして、あえて警察沙汰にはせず、解雇するに留めた。その上で椿原子爵は、種子が女中として四年間にわたり、椿原家に誠心誠意尽くしてくれたことは確かであり、麻里子の良き友人であり、相談役になってくれたことも慮《おもんぱか》り、彼女に新しい仕事先を紹介した。その際、また女中の仕事をさせたら、同じような心境になってしまい、かわいそうだと思ったため、種子がタイピストの資格を取得していることを加味し、某中堅会社の事務の仕事に種子の《推薦状》を送った。椿原子爵ほどの大人物なら、それぐらいの計らいは可能だったのである。

麻里子は、ただでさえ精神的な病を患っていた上に、犯人が一番信頼していた女中の種子だったという事実に衝撃を受け、さらに病状が悪化した。しかし、通院治療を続け、徐々に快方に向かった。そして、冷静な判断ができるまで回復すると、今まで世間知らずだった令嬢・麻里子も、社会の格差について真剣に考えるようになった。

ある日、光一は妹の麻里子にこんなことを言った。

「種子さんのように、日本の身分社会に不満を持っている人はたくさんいると思う。それを考えると、いずれ華族制度なんて廃止されるだろう。もしそうなれば、我々華族は平民となり、爵位もなくなる。貴族院も廃止され、特権もなくなる。僕も民間人と同じ土俵に立って、働かなくてはならない。もはや身分に関係なく、仕事の能力で評価され、収入も決まる。だから僕は、いつ華族制度が廃止されてもいいように、今から多くの資格を取得し、手に職をつけることも考えている。それと、僕は昔から物書きにも憧れていたんだ。今度の事件を小説にしてみるのもいいと思う。もちろん、実名は伏せて。種子さんの境遇に、多くの人々が共感するだろう」

「さすが、お兄様は機転が早いのね。私も何かを成し遂げてみたいわ。女子は仕事をする必要はないと言われているけど、私はいずれ、女性が職場に進出する時代がきっとやって来ると思うわ。私、前に新聞記者になりたいって言ったけど、あれは決して冗談ではなかったのよ。多くの世界を取材し、多くの人々と会い、多くの情報を吸収し、私はいろいろな記事を書き、それをたくさんの人々に伝えたいの。だって、何かを表現したり、伝えたいって、人間の本能でしょ。何もしないで、ただ優雅に暮らすだけの華族の娘なんて退屈だわ！」
　今、若い二人の目が純粋に輝いていた。

　数週間後、種子から麻里子に手紙が届いた。そこには美しい筆跡で、自分がしてしまった愚かな行為を心から反省し、お詫びする気持ちがあること、これまで自分を椿原家で雇ってくれたことに対して感謝していること、四年の間、麻里子さんは自分にとって、妹のような存在であったこと、そして、自分は今、新しい仕事に就き、毎日充実した日々を送っていることが綴《つづ》られていた。
　それに対し、麻里子も種子に返信を送った。そこには、今回の出来事に対し、私はもう何のわだかまりも持っていないこと、四年にわたり、椿原家に仕えてくれたことに感謝していること、私にとって、種子さんが姉のような存在なのは、今も変わらないこと、知らず知らずのうちに、あなたの心を傷つけてしまったことを申し訳なく思っていること、そして、種子さんが新しい仕事に充実感を持っていると聞いて、私はまるで自分のことのように嬉しく思っていることを綴った。そして最後に、「私も今、職業学校に通い、いずれ就職することを目指しています。私も種子さんのような立派な社会人になれたら、こんど一緒にお食事でもしましょう。そして昔のように、また私の相談に乗ってくださいね」と締めくくった。

昭和二十二年五月、光一の予想通り、華族制度は廃止された。

Setting Sun

あとがき

数ある小説の中から、拙作に目を留めてくださり、誠にありがとうございます。

表題作の『**そっくり劇場の殺人**』は、東京・新宿にモノマネ・ショー専門の劇場があるという話を聞き、ストーリーを思いつきました。謎解きとユーモアを融合させたミステリーに仕上げたつもりですが、いかがでしたでしょうか？　本書の冒頭を飾るのに相応しい、インパクトの強い作品だと思っています。昔は推理小説というと、深刻なものと受け止められていました。そこに明るさと柔軟性が加わったのは、ここ四十年ぐらいの間ではないでしょうか。私も、その作風で描いてみました。ひょっとして実際のモノマネ芸人さんたちの中にも、こんな人がいるかも（?）。

『**サーカス**』は時代背景が絡《から》んでいます。戦前までの日本では、婚姻において当事者同士の意思を尊重する趣旨が憲法に明文化されておらず、見合い結婚が主流であったため、家同士で結婚相手を決めてしまうケースも少なくなかったと聞きます。叶わぬ恋のため、心中事件まで起きました。私はサーカスという世界に漠然とした憧《あこが》れを持っていたので、曲芸師たちの人間ドラマの中に、その悲劇性を織り込んだのです。

『**予言者**』は、素性の分からない者同士が集まる秘密クラブが舞台です。超常的な予知能力の謎を論理的に解明する話ですが、全体をミステリアスな雰囲気の中に閉じ込めました。この手の話は、長すぎても、短すぎても、説得力がありません。登場人物の名前を一度も出さずに小説を書くことができるか、という実験でもありました。自分でも不思議なくらい、筆がスムーズに運び、一晩で書き上げました。これを執筆している間、私自身も〈仮面の会合〉に参加している気分に浸っていたのを覚えています。

『**黒椅子**』を書いたのは、以前から迷信をテーマにした小説を書きたいと思っていたからです。この種の話は昔からよく聞きますし、常に人々の興味をそそります。全く同じ現象でも、見る人によって、あるいは聞く人によって、解釈がガラリと変わってしまいます。迷信の怖さを主張する倉田に対し、合理性を重視する柊が迷信を否定します。しかし、最後は別の解釈も匂わせて終わらせました。皆さんの周りにも、このバーで議論している二人の男性のような、迷信に対する肯定派と否定派の人間がいらっしゃるでしょう。そして、あなたは「どちら派」でしょうか？

『**王妃の涙**』は、霧の中から突然現れた謎の女が「私」に語り出す過去の殺人事件が描かれます。古代エジプトの呪われた宝石が現代にもたらす悲劇。全体を暗闇のイメージが支配しますが、ラストは様々な可能性を残して終わります。最後の真相は読者の皆さんの推理に任せたいと思います。

『カナコ〜KANAKO〜』は、テレビで人間そっくりの女性ロボットを見た時に、ストーリーを思いつきました。今、タイムリーな問題と言えます。後述する『透明人間』と同様、犯罪事件こそ起きませんが、日常生活に潜む恐怖と意外性を描きました。ロボットの役割が取り沙汰されている昨今ですが、いずれ日本の社会も、この物語のような事態になってしまうのでしょうか……。

この世の中は、様々な職業の人々で溢れています。しかし、ざっくりと「公人」と「私人」のたった二つに分けることもできます。そして、私人から見た公人像、公人から見た私人像がそれぞれありますが、実はお互いに相手を誤解していたのではないかということに気づき、それを小説にしたのが**『透明人間』**です。有名人になることによるメリットとデメリット。そのデメリットを予測できなかった女性が、新天地で戸惑いを覚えるという悲喜劇を扱った話です。何事においても、外から見た印象と、中に入って知る実態が大きく違っていることは珍しくありません。というより、物には「効用」と「副作用」があると言うべきでしょうか。表の世界と裏の世界、本当はどちらが幸せなのでしょう？　ネガをポジに捉えれば、見方はガラリと変わります。ここでは、「一般人から見た芸能人」ではなく、「芸能人から見た一般人」という逆転の発想で描きました。公人と私人の相違点は、今まで誰も取り上げなかった論点であり、どうしても書きたかったテーマでした。尚、『異空間』は架空のテーマパークで、実在しません。お気づきでしょうが、『黒椅子』の中で語り合っていた二人の男性の正体が、ここでようやく明らかになりました。

『**彼女の名前**』はショートショートです。これもタイムリーな話題ですね。夫婦同姓か、夫婦別姓かは、様々な議論がありますが、最初は「結婚しても、自分の苗字を変えたくない」と思っていた女性が、のちに「愛する男性の苗字を名乗りたい」と考えを変えます。そして彼女は、この二つの正反対の希望を同時に叶えてしまいます。何とラッキーな女性でしょう！　彼女の「この人と結婚できるなら、自分の苗字を失ってもいい」という犠牲の精神に、恋する女心を描いたつもりです。これは気楽に書いた小説ですが、最後のオチはしっかり考えました。

『**光と影**』は、他の作品と趣が異なります。昭和初期まで日本に存在した華族社会を舞台にしているからです。この問題については、同時代を生きた人の印象と、後世の人が書物で知る印象では、当然違うはずです。実際、戦前の新聞を読むと、華族の人々を露骨に皮肉る記事もかなり書かれており、当時、身分社会に不満を持っていた人は多かったと思われます。推理小説を書く上で、「犯行動機」が必要ですが、私の目的と合致しました。時代が違っても、人の考えることはさほど変わらないと私は思っています。ならば、事件が起きる理由も同じはず。そこまで考えると、大正時代の人々を描くからといって、ことさらスタンスを変える必要はないと思い、構想は順調に固まりました。

周知のように、過去にも「没落貴族」を描いた作家がいましたが、そこでは悲劇性を重視していました。しかし私の小説では、爵位を失うことに対し、むしろ前向きな貴族が登場します。

以上、九つの不思議な世界を描きました。いかがでしたでしょうか？　ここに並んだ作品はいずれも「短編」ですが、私の中では、伝えるべきものは全て伝えたと思っています。皆様に気に入っていただけたら嬉しいです。

作者

この作品はフィクションです。

実在の人物、団体、事件とは一切関係ありません。

また本文中には、現在では適切でないと思われる表現や言葉がありますが、当時の時代背景を考慮し、原文のまま掲載しています。

著者プロフィール
今井 K（いまい けい）
推理作家。

昭和42年、東京生まれ。

会社員として個人出版したのち、令和５年、文芸社より作家デビュー。

作風は本格推理小説が主流。

既刊書に『影の犯人』（令和３年）（私家版）、「江戸川乱歩『悪霊』〈完結版〉」（令和５年）（文芸社）等がある。

ペンネームの「K」とは、“Key”（＝鍵）の頭文字。

そっくり劇場の殺人

2024年２月15日　初版第１刷発行

著　者　今井 K
発行者　瓜谷 綱延
発行所　株式会社文芸社
〒160-0022　東京都新宿区新宿１－10－１
電話　03-5369-3060（代表）
03-5369-2299（販売）

印刷所　株式会社フクイン

ISBN978-4-286-25128-8